动画与数字媒体专业系列教材

动画剧本创作

张 娟 周红亚 著

Animation 动画

中国传媒大学出版社
·北 京·

动画与数字媒体专业系列教材

编委会

总 序

媒介与社会一体同构是眼下正在发生的时代进程，技术融合、人人融合、媒介与社会融合是这段进程中的新代名词。过往，媒介即讯息，媒介即载体。现今，媒介与社会一体同构，定义新的技术逻辑，确立新的价值基点，构建新的数字生态环境，也自然推动新的数字艺术与数字产业进化。

2016 年，数字创意产业已经与新一代信息技术、高端制造、生物、绿色低碳一起，并列为国民经济的五大新领域，被纳入《“十三五”国家战略性新兴产业发展规划》中。2021 年，《中华人民共和国国民经济和社会发展第十四个五年规划和 2035 年远景目标纲要》（简称《纲要》）用一整篇、四个章节、两个专栏的篇幅，围绕“数字经济重点产业”“数字化应用场景”等内容，对我国今后 15 年的数字化发展进行了总体阐述，提出以数字化转型驱动生产方式、生活方式和治理方式的多维变革，来迎接数字时代的全面到来。此外，《纲要》中列举了数项与“数字艺术”相关的重点产业，并规划了“智能交通”“智能制造”“智慧教育”“智慧医疗”“智慧文旅”“智慧家居”等与“数字艺术”相关的应用场景，这些具体内容的展望为“数字艺术”的教学、研究和实践应用提供了广袤的发展空间。

20 世纪 50 年代，英国学者 C.P. 斯诺注意到，科技与人文正被割裂为两种文化系统，科技和人文知识分子正在分化为两个言语不通、社会关怀和价值判断迥异的群体。于是，他提出了学术界著名的“两种文化”理论，即“科学文化”（Scientific Culture）和“人文文化”（Literary Culture）。斯诺希望通过科学和人文两个阵营之间的相互沟通，促成科技与人文的融合。半个多世纪后，我国许多领域至今还存在着“两种文化”相隔的局面。造成这种隔阂的深层原因或许有两点：一是缺乏中华优秀文化，特别是中国传统哲学思想的引导；二是盲目崇拜西方近代以来的思想和学说，片面追求西方“原子论——公理论”学术思想，致使“科学主义——技术理性”和“唯人主义”理念盛行。“科学主义——技术理性”主张实施力量化、控制化和预测化，服从于人类的“权力意志”。它使人们相信科学技术具有无限发展的可能性，可以解决一切人类遇到的发展问题，从而忽视了技术可能带来的负面影响。而“唯人主义”表面上将人置于某种“中心”的地位，依照人的要求来安排世界，最大限度地实现了人的自由。但事实上，恰恰是在人们强调人的自我塑造具有无限的可能性时，人割裂了自身与自然的相互依存关系，把自己凌驾于自然之上，这必然损害人与自然之间的和谐，并最终反过来损害人的自由发展。

当今世界，随着互联网、人工智能、大数据、新能源、新材料等技术在社会多个层面的广泛渗透，专业之间、学科之间的边界正在打破，科学、艺术与人文之间不断呈现出集成创新、融合发展的交叉化发展态势。自然科学与人文学科正走向统合，以人文精神引导科技创新，用自然科学方法解决人文社科的重大问题将成为常态。伴随着这一深刻变化，高等教育学科生态体系也迎来了深刻变革，“交叉学科”所带动的多学科集成创新正在引领新文科建设，引领数字艺术不断进行自身改革。

动画、数字媒体是体现科学与艺术深度融合特色的交叉学科专业群，主要跨越艺术学、工学、文学、交叉学科等学科门类，涉及的主干学科有戏剧与影视（1354）、美术与书法（1356）、设计（1357）、设计学（1403）、计算机科学与技术（0812）、软件工程（0835），并且同艺术学（1301）、音乐（1352）、舞蹈（1353）、信息与通信工程（0810）、新闻传播学（0503）等学科密切相关。它们以动画，漫画，数字内容创作、生产、传播、运营及相关支撑技术研发与应用为主要研究对象，不仅在推动技术与艺术融合、人机交互、现实与虚拟融合等方面具有重要作用，更在讲好中国故事、传播中国文化、构建人类命运共同体等方面扮演重要角色。

在新文科建设赋能学科融合的背景下，教育部高等学校动画、数字媒体专业教学指导委员会本着“人文为体、科技为用、艺术为法”的理念，积极探索人文与科技的交叉融合。让“人文”部分涵盖文明通识、中华文化与人文精神等；“科技”部分涵盖三维动画、人机交互、虚拟仿真、大数据等；“艺术”部分涵盖美学、视觉传达、交互设计与影像表达等。为了应对时代和媒介进化的挑战，教学指导委员会及国家社科基金艺术学重大项目“新时代中国动画艺术知识体系创新研究”项目组组织全国本专业领域的骨干教师编写了这套“动画与数字媒体专业系列教材”，希望结合《动画、数字媒体艺术 、数字媒体技术专业教学质量国家标准》推动课程建设和专业建设，为这个专业群打造符合这个时代的高等教育“数字基座”，进一步深入推动动画和数字媒体专业教育的教学改革。

教育部高等学校动画、数字媒体专业教学指导委员会主任委员

中国传媒大学党委书记

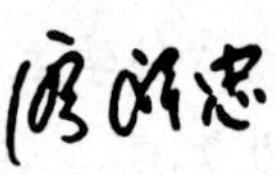

2024年1月

目录

CONTENTS

第一章

动画剧本概述

本章知识点

- 剧本的概念。
- 动画剧本的特性。
- 动画剧本的规范和格式。
- 动画编剧的素养。

学习目标

- 了解剧本的概念和发展。
- 熟悉动画剧本的特性。
- 掌握动画剧本的基本规范和格式。
- 了解并培养动画编剧的素养。

剧本，在今天早已不是遥不可及的稀奇事物。从戏剧到话剧，从电影到电视，从网络剧到短视频……在人人皆可创作的自媒体时代，人们早已将原本只有专业创作者所了解的“神秘事物”的面纱揭开。但普及并不代表水平的提升，甚至往往还会伴有忽略剧作核心、规则，从内容到形式皆泥沙俱下的负面效应。

从概念到精髓，从形式到内容，从规律到技巧，从理论到实践……系统化地了解剧本、熟悉剧本，是创作者必须经历的阶段。人们只有经过长时间，甚至是艰苦的学习和训练，才能够熟练地驾驭和编写剧本，并达到一定水准，而不至于随时代浪潮浮浅猎奇，只知其然而不知其所以然。

面向动画创作的我们，不仅要对剧本的基础知识驾轻就熟，也要对动画的特性了然于胸。看到这里，也许你已经对动画编剧的工作打起了退堂鼓，嘀咕着这剧本创作也太烦琐、太复杂了吧。但请别过早地灰心，当我们立志用手里的笔（也许是键盘）、用优美的文字传达自己的内心，向观众描绘自己通过观察、思考、重构、转化而来的奇特世界，上面所说的种种规则只不过是实现这个美好梦想的手段。一定要相信熟能生巧的力量，技术层面的知识总会在不断磨砺之下成为得心应手的工具，有趣的点子和非凡的创意才是剧本的核心要义，而我们每天所经历的精彩生活会给予这一切。

第一节　剧本的概念

影视剧本是影视剧的基础，尽管在影视编剧手里的“银幕或屏幕形象”尚处在用文字表现的阶段，但它能“独立地描绘出鲜明的生活图画”。

所谓剧本，一剧之本也。

对于影视剧而言，剧本在最初并不是标准配置。匈牙利电影理论家贝拉·巴拉兹，曾对电影剧本的产生做过描述：“在电影发展的初期，根本没有电影剧本这回事；导演在布景前即兴地处理每一场景，告诉演员在下一个镜头里该如何表演。说明字幕是事后写成，再剪接到影片中去的。”[①] 可见，在今日我们视为影视作品根本的剧本似乎并不是“含着金钥匙”降生的。那么，为何在之后的岁月中剧本成为不可或缺的核心了呢？

原因很简单，随着影视拍摄技术、制作技术的提升，观众不再满足于简单的初级内容，创作者要通过作品讲述内容更丰富、结构更复杂、内涵更深刻的故事才能够适应时代和观众的需求。显然，临场发挥的创作方式已无法适应这一趋势。于是，提前规划整个故事，将故事的情节、角色、场景等通过文字的方式进行展现，再由拍摄、制作等环节联合创作出视听镜头，成为影视剧创作的标准化流程。

---

① 巴拉兹 . 电影美学［M］. 何力，译 . 北京：中国电影出版社，1978：263.

回到动画创作上，当先驱者在使用动画的形式创造滑稽的脸、跳出墨水瓶的小人儿、和驯兽师配合的恐龙时，剧本同样不是必需品，通过超自然的变形和滑稽的动作博得观众一笑基本是动画早期发展阶段动画作品的全部功能。但动画角色明星化成为动画艺术成长的必由之路，角色们的性格再也不能仅通过简单的动作来实现，用故事赋予角色更加丰富和立体的形象，成为这一切的基础。当白雪公主和七个小矮人以电影的形式在大银幕上与皇后演绎着关于善良与邪恶、美丽与丑陋、救赎与死亡的故事，动画终于与实拍影视平起平坐地成为影视剧的两大部分，动画对于剧本的需求也达到了同样的高度。

往后发展，剧本的重要性越发体现得淋漓尽致。每一部伟大的影视作品都离不开优秀的剧本。越是重视前期的创意、策划，作品成功的概率越会直线提升，这一规律已经成为创作共识。

第二节　动画剧本的特性

剧本在内容和形式上与其他体裁文学作品有着较大的区别。动画剧本与实拍影视剧本相较，也存在诸多不同，这种不同更多地体现在“动画性”上。所谓“动画性”，可以从广义的动画概念作出解释，也可从狭义的动画影片角度进行理解，我们这里主要着眼于动画影片。

一、丰富的想象空间

动画之所以能够独立于实拍影视之外，很大原因在于创作者通过想象力构建独特的叙事空间。在这个空间中，有着独特的环境、独特的物种、独特的工具、独特的价值观念、独特的行事准则……只要创作者具有足够的想象力，一切都可以拥有自己的独特性。因此，我们在动画作品中总能看到在现实世界中无法出现的超自然现象、超能力、魔法等元素，那些可爱、可怕、正义、邪恶的角色也都各具特色。动物、植物、物件……一切都可以被赋予生命，成为有思想、有情感的鲜活生命体。

《疯狂动物城》的故事就发生在一个完全幻想出来的空间中。所有的动物都能够和平共处于一个城市，如同人类社会的城市一样，这里拥有现代化的一切，大到大象，小到仓鼠，每种动物都有属于自己的居所和适合自己的各类公共设施。当然，还有融入这座城市的工作机会。动物们拥有各种职业身份，每天为了生活而努力工作。毫无疑问，这些设计来源于我们的现实社会，不同的是，角色换成了动物，从环境到桥段都围绕动物展开。类似的设计是动画创作常用的手段，这种基于现实又完全架空的想象，不仅能让观众感受到匠心独运，也让动画世界与现实世界产生情感联结。

《伍六七》以人类世界为故事背景，但不同的是，这里的世界并不是现实中存在的，无论是小鸡岛、玄武国，还是斯特国，整个世界架构全部是想象出来的，如图 1-1 所示。这里的社会制度和生存法则围绕着“刺客”展开，身怀绝技又行事怪异的角色们演绎了一个个令人忍俊不禁的故事。

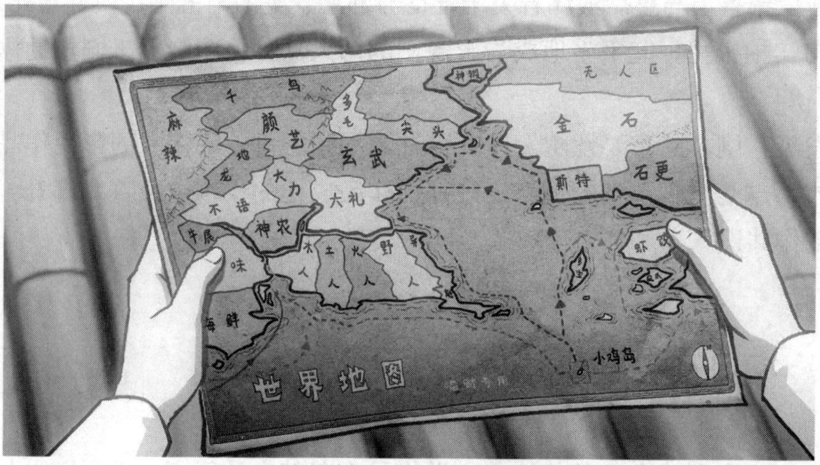

图 1-1 《伍六七》中的世界地图

《大理寺日志》与以上两个案例又有所不同，该作品以历史中真实存在的朝代和统治机构为故事背景，融合真实存在的历史人物和虚拟人物，呈现各种惊心动魄的破案冒险。我们不会去探究这些事件和角色的历史真实性，只会紧随故事的进展一起感受其中的跌宕起伏。

当然，也许有人会说，这些幻想元素的出现并不是动画的专利，从先前的特技片到科技助力下的视效大片，影视技术的提升早已助力实拍影视实现了跨越。但无论实拍影视如何进行技术升级，其所营造的想象空间与动画所营造的想象空间并不在一个维度：一个是基于现实世界的视觉延伸，另一个是基于想象的“真实”营造。尤为关键的是，动画空间中的角色有着独特的表演范式，无论是二维动画还是三维动画，我们总能一眼辨识出它的“动画感”。虽然这种界限在部分三维动画和实拍影视间越来越模糊，甚至引发关于未来动画独立存在的必要性的讨论，但动画艺术的独特气质是不可被掩盖的。

二、面向不同受众的差异化需求

早期的动画影片以新奇和搞笑俘获了观众，当观众的猎奇感消失之后，动画开始寻求自己的拥趸。童话、传说等更加适合动画呈现的内容加速了动画核心受众的筛选，尤其在迪士尼公司面向全球市场创作的强力推动下，动画内容“浅而广”的特性被持续强化。在此基础上，动画的叙事应用领域被不断扩展，面向不同细分受众的类型化发展成为大势。

（一）儿童

儿童正处于身体和智力的快速发育期，具有天真烂漫的特质，对新事物的好奇心和对未知的探索欲望强烈。最为重要的是，他们对动画这种艺术形式具有天然的亲近感。也正因如此，儿童成为被世界公认的最庞大的动画受众，即使是主打合家欢的作品也一定是首先满足儿童的需求，兼顾家长的些许情绪。

“寓教于乐”向来被视为面向儿童最重要的创作理念，满足他们对世界的好奇心和求知欲，丰富他们的认知，给予一定的知识传授或培养某方面的能力，是创作者在剧本创作中需要重视的方面。

质朴美好的情感是创作此类作品应把握的另一基本原则，积极、向上、光明、执着、勇敢、充满梦想，是面向儿童的作品应有的特点。

在题材选择上，童话、冒险、竞技等题材作品都较为常见。因为小观众的年龄偏低、思维能力有限，创作者在剧本的故事脉络、角色设定、叙事节奏、场景变化等方面都要相对安排得当。还应注意的是，学龄前儿童和小学阶段的儿童的需求有很大区别，创作者必须进行合理的区分。

（二）青少年

从步入中学开始，青少年逐渐进入青春期，青春期一直持续到20岁左右。其间，他们的身心发展迈入一个全新的阶段，对生活和世界也有了更多主观的认知。动画作品成为他们缓解课业压力、寻找自我认同、进行社会交往的重要媒介。

热血、对抗、情感等题材更加贴近该年龄段受众精神需求的作品是主流。剧本在世界观建构上要更宏大，在叙事上要更为复杂。相对于儿童喜爱的美好“神奇世界”，青少年更喜欢“光怪陆离”和“烧脑”的元素，他们在视听效果上的要求也相对更高。

（三）成人

成人虽然不是动画的核心受众，但依然是不可忽视的消费力量。抛开成人拥有的对合家欢类作品和亲子类作品的选择控制权，对于具有深度和大众娱乐取向的动画作品，成人同样有很大的热情。

以宏大的主题展开哲学性思辨，是以成人为主要受众的动画较为常见的面貌，如一些作品对于生命、生存、欲望、情感、科技、战争等主题的思考和探讨。这种更加具有深度的动画，其思想内核与实拍影视的思想内核趋向一致。

第三节　动画剧本的规范和格式

如同写文章需要符合行文规范，动画剧本同样有基本的写作规范，这种规范虽然会因不同制作公司或创作团队的要求有所区别，但都会遵循“视听感”和“场”的核心标准，以及基本的格式要求。

一、视听感

人们对文学作品的一个重要评价词语是“文采斐然”，读者能从文字间的描述中感受作者传递的细腻情感更是再好不过。但对于编剧而言，功力的高低并不能以“文采”来论。剧本以服务于创作为本。能够让导演及之后负责文字分镜和故事板创作的工作人员清晰、直接地了解故事内容和编剧意图，是剧本的基本目标。要达到这个目标，动画剧本写作首先就应该有“视听感”，也就是把文字写得具有直观的画面感，尤其是对主观的抒情、角色的内心世界、情绪变化等都给予明确的形象化、动作化展示。

以表现考场内男主角小 A 因紧张而不会答题的情景为例：

文学描述——

考场内气氛安静得可怕，游走在纸上的沙沙声让小 A 越发紧张，他就像一只被玻璃瓶子困住的苍蝇，想努力地挣脱，却没有一点实质性进展。

剧本写作——

考场内考生们都快速地做着题，只能听到沙沙的写字声。坐在最后一排的小 A 直勾勾地盯着试题，汗珠不断地从额头上渗出，他拿着笔的右手停在空中微微颤抖，却一个字都没写。

从上面两段文字的对比我们可以很直观地看出，剧本写作更加“直白”，创作者故意压缩了可能出现的想象空间，尽可能地让后续创作者清晰、准确地了解这一段戏份的画面构成。

二、场

与文学写作中使用自然段来推进内容不同，剧本以“场”作为基本组成单位。“场”的概念来源于实拍影视，因为实拍影视的拍摄必须依靠实际的场地，所以用“场”作为一个单位可以更加直观地操作，便于团队合作的进行。动画创作虽然没有实际的场地限制，但同样是通过不同的“场”进行衔接、讲故事，故而沿用了这种概念。

实际上，我们在讨论影视作品时所说的“场”包含两层含义。第一层含义以故事段落作为区分，这里的“场”说的是一个情节（单元），它可能会跨越几个场景，以人物的退场、一段故事的结束为标准；第二层含义以“场景”作为区分，以空间和时间的变化为标准，只要换了场景就是新的场次。

比如两个人在打斗，从屋内打到屋外，又打到树林中，受伤的人最后使用轻功逃脱。要是以第一种含义为标准，这就是一场戏。以第二种含义为标准，其中变换了三次场景，可以分为三个场次。

在具体的剧本写作中，这两种不同的分类可以对应文学剧本和分镜头剧本。文学剧本主要由编剧完成，注重人物的行动、语言和情节点的把控。分镜头剧本更适合导演，可以将每一个场景变化甚至摄像机调度都标注清晰。本书内容以文学剧本为主，兼顾分镜头剧本，这也更加符合动画剧本的创作规律和实际。

三、基本格式

首先，创作者在剧本的第一页要清晰地标注片名、类别、集数（连续剧或系列剧）、署名、出品单位等信息。

其次，在正文开始前，创作者要以出场顺序或主次程度标明剧中角色，必要时要附上主要角色的人物小传。

正文中，每一场戏的第一行都要标注场号、空间、时间、时空类别（日景、夜景、内景、外景）。第二行描写环境或人物的基本状态、动作和语言，一般以一组动作、一个镜头、一句台词为一段。

示例如下：

场次 1　少城城墙上　日景　外景

远方雪山巍峨，空中风起云涌。

杨子琳大军分四个区域安营扎寨，“杨”字大旗猎猎作响。营前鼓架高耸，鼓上也是大大的“杨”字。击鼓手用力击打，战鼓隆隆。

杨军高大强壮，头盔阴影下是一双双充斥着血丝的眼睛。

少城内满目萧条，四处都是仓皇奔逃的百姓。

城墙上旌旗翻飞，浣花夫人背影绰约，长发随风舞动。

画外音：公元 768 年，唐西川节度使崔宁奉召入京，泸州刺史杨子琳趁机叛乱，叛军围攻成都，大战一触即发，成都告急。

一阵急促的脚步声渐近。

浣花夫人：夫君可有回信？

将官双眉紧锁，叹气摇头。

将官：夫人，二将军难敌强寇，哎……眼下，这成都城也最多能守三日……末将愿护送夫人离城！

浣花夫人眉头紧蹙，目光坚毅地看着城外的军队，朝将官摆摆手。

浣花夫人：怎忍心让叛军血洗家园，我却自顾弃城脱险……

将官作揖躬身退后。

场次 2　百姓家　日景　内景

一名老妇在房内，就着天窗的光亮专注地绣着蜀绣，她灵巧的手指捏起针线，在一穿一拉之间舞动。一名背着包袱的男子惊慌推开了门。

男子：娘，赶紧跟我走，要打仗了。

老妇停止刺绣，沉思，放下针线。

男子（焦急）：娘，崔宁大人奉诏入京未回，他二弟崔宽屡战屡败，只剩家眷任氏，定会弃城而逃。

老妇（淡然）：一年成邑，三年成都，我这岁数，除了成都，哪里也不去。

男子正欲开口说话，屋外有锣声喧哗。

画外音：浣花夫人招募勇士，保家卫城！

老妇听到浣花夫人，微微一怔，关切地往窗外看，陷入沉思。

第四节　动画编剧的素养

假如将一部动画作品比喻成一艘远航的货轮，那么编剧就是构建轮船船体的设计者和内部货物摆放的策划者。正是因为重任在肩，一名合格的动画编剧必须具备多层次的素养，其中既包含精神层面又包含技术层面。

一、生活观察与体验力

“编剧是第一个接触生活素材的人。影视编剧既是对生活、形象和美的发现者，又是将这三者统一起来的创造者。因为，正是通过他的创造性的劳动，将生活变成艺术，把生活素材提炼、构思成为具有美学意义的银幕和屏幕形象。所以，有人把影视编剧在整个影视剧艺术中的作用概括为‘无中生有’四个字，是不无道理的。”[①] 汪流教授在

① 汪流．电影编剧学（修订版）[M]．北京：中国传媒大学出版社，2009：前言 1.

《电影编剧学》一书中描述了对于编剧的理解和定位。在他看来，编剧一定要具备充分的生活体验，并且有把体验进行艺术化重构的能力。

生活远比剧本精彩！

无论剧本作品属于什么类型，无论故事多么天马行空，无论塑造的角色多么不可思议，人们在大千世界之中总可以寻得生活的踪迹。编剧的重要能力之一就是将生活中不同的生命个体、社会群体等通过文字进行转化，没有生活的观察、经验、体验、感悟作为基础，编剧的创作无异于空中楼阁，真情实感的表达是编剧最重要的语言。

也许有人会有所疑问，动画编剧不应该首先具有超凡的想象力吗？生活体验不应该是创作实拍影视作品更需要的能力吗？这种疑问代表了相当一部分初学者的心声。因为在大家看来，动画之所以与实拍影视不同，很重要的一点就在于它的创意思维，在于它能够不受现实的束缚，在虚幻的世界中畅游。但我们仔细分析经典动画会发现，在这些作品之下，其实无不是对现实生活的再创造。我们可以用动画史上不同时期的经典影片来引证。

首先来看世界第一部动画电影《白雪公主》（图 1–2），它基本代表了迪士尼早期童话系列影片的叙事风格，也是被全世界公认的童话样板。相对于《格林童话》原作，影片进行了大刀阔斧的改编，但依然遵循了原作的精神内核，为观众展现了美好的童话世界中依然存在的嫉妒、杀戮，并表达了美丽和善良最终会战胜丑陋和邪恶的美好愿望。表面上，这一切都是虚构的，是不存在于现实中的想象，是对美好生活愿景的寄托，但没有人敢说这些充满浪漫主义色彩的桥段设计不是源自现实生活中的体验。一个心机重、拥有权力的女人嫉妒另一个心地善良、身世凄苦的女人，心怀不满，直至萌生杀意。善良的女人虽历经磨难但心性依然单纯，幸得各路贵人相助，终得圆满；邪恶的女人恶有恶报，坠崖殒命。多么似曾相识的剧情，恶婆婆和善媳妇的家庭伦理剧？恶上司和善下属的职场奋斗剧？恶皇后和善嫔妃的宫斗剧？我们总可以从各式各样的影视剧中找到它的影子，因为这一切都是源自现实中关于欲望、善恶的经验提取，只是换了一个外壳，被应用于不同的艺术创作之中。

图 1–2 《白雪公主》在童话的外衣下呈现了现实中的人性和欲望

再看宫崎骏的巅峰之作《千与千寻》。不谙世事、正处于青春期的女孩千寻与父母在搬家的过程中遭遇了意外。在奇幻的世界中，千寻的父母因贪吃引祸上身，千寻经历重重磨难，从最初的慌乱无助到独当一面，最终拯救了父母和朋友，同时也完成了个人的成长蜕变。在这部作品里，我们惊叹于宫崎骏所创造的光怪陆离的世界，折服于他设定的奇异角色，故事情节精彩纷呈，脑洞大开。若是抛除这些外在元素，抽丝剥茧探寻故事内核，我们看到一个这样的故事：原本无忧无虑、有着幸福家庭的小姑娘，突然遭遇了家庭的变故，迫不得已独立面对一切压力。为了生活她不得不开始拼命工作，甚至要边工作边继续学业，但大千世界总会有太多的无奈和诱惑，她保持了自己的那份纯真，没有被欲望蒙蔽心灵，同时幸得一个热心的伙伴，这个伙伴也有着艰难的遭遇，他们互相扶持、历经磨难，女孩最终成功挽救了家庭并帮助了这个伙伴，自己也实现了跨越式成长。这样的一个故事，谁又能说在生活中是不存在的呢？

说了美国和日本作品，再将目光转向我国的作品。从第一部动画长片《铁扇公主》到巅峰之作《大闹天宫》再到现今新一轮的神话热潮，神话故事可以说是国产动画影片最热衷和最擅长的题材类型。神话故事缥缈虚幻，极具浪漫主义色彩，那么是否这些故事就是凭空想象的呢？《哪吒之魔童降世》（图 1-3）中是什么让我们泪眼婆娑？是哪吒对李靖的那句“唯一遗憾的是还没和您踢过毽子”，是李靖送哪吒平安符时说“你今后路还很长”，是血浓于水的亲情，是只有人间才有的“人情味”，而不是封建礼教的三纲五常，不是冷冰冰的道貌岸然。同样的神话故事，不同时代的表达千差万别，这种创造依附的是社会的变化和“人心”的变化，传承的是“人”的意志，它是现实世界的精神和文化映射，从来不是虚无的，甚至比现实题材更加真实。

图 1-3 《哪吒之魔童降世》

既然生活观察和体验如此重要，我们又该如何去观察和体验？又如何在有限的时间和空间中做到“眼观六路，耳听八方”呢？美国剧作家悉德·菲尔德（图 1-4）将搜集的素材分为三个部分，分别是个人生活体验、个人采访、文字与实物资料。这三部分实则涵盖了观察和体验的三个层次：个体经验、他人个体经验和集体经验，可以作为剧作者的有益行动指南。在实践过程中这三个层次体现为以下方面。

图 1–4　悉德 · 菲尔德

首先是广度。创作者要关注自己的生活、情绪，关注身边人的变化，关注时事。互联网信息的极大丰富为我们提供了超越历史中任何一个时代的便利性，但我们也应该有意识地防止陷入信息茧房。要做到这一点并不容易，随着人工智能、大数据等技术的发展，尤其在资本的迎合之下，我们所面临的信息壁垒之困只会愈加严重，这对于编剧而言是致命的。这导致课堂上学生们提交的剧本中关于现实思考的内容越来越少，更多的是关于异世界、穿越、战斗、对抗等，因为他们有意或无意地困于自己的圈层之中，对游戏、明星、网文的如数家珍，也许就意味着对其他信息的孤陋寡闻，即使这些事件就发生在我们身边。这是时代发展带来的“副作用”，我们要做的就是尽可能地突破自己的藩篱，开阔视野，多关心圈层之外的人和事，关注人性、情感等要素。

其次是深度。创作者有了发现故事的眼睛，也要有深入讲述故事的能力。无论是自己相对熟悉还是不太熟悉的领域，有针对性地开展调查、采风、研究，是必须做到的，否则就有可能导致“胡编乱造”的笑话。电影《革命者》编剧张珂曾在专访中透露，为了能够立体化地还原李大钊的形象，编剧组收集和阅读了近 50 本和他相关的图书，从传记到党史，从文学作品到理论专著，从那个年代的人文、生活到历史名人对其的评论等皆有涉及。当各个层面的信息汇聚起来，一个闪耀着多面光辉的人物形象就跃然纸上了。这种严谨作风本应是编剧行业的一贯标准，却在不断地被挑战。就如近年来影视圈流行起来的行业剧虽然很红火，但可以被称为优秀作品的行业剧凤毛麟角，被吐槽者不在少数。究其原因，太多作品仅仅披着行业剧外衣，实则是俊男靓女的情感纠葛或职场的尔虞我诈，行业的特质、专业能力、行事习惯、职业素养等多是浅尝辄止地呈现，仅有的体现专业性的戏份却漏洞百出，贻笑大方。这是典型的编剧缺少深入调研的结果，也是浮躁的商业环境下极易出现的不良现象，我们要正视之，规避之。

最后是保持敏感性、随时记录和精准提炼。深刻的主题、有趣的故事不会自动送上门来，它们都蕴藏在我们生活的千头万绪里。我们要时刻保持对事物的敏感性，善于发现并随时记录，对信息的采集是激发思维和创意的基础。笔者有一个习惯——经常翻阅手机中的备忘录，因为里面记录了日常遇到的一些新鲜事或者突然产生的一些琐碎想法，多则一段话，少则一句话，甚至是几个关键字。这些记录中还有一些内容是关于梦境的描述，梦中一些稀奇古怪却又巧妙的桥段，为剧本的写作提供了有意思的素材来源。日常琐事看似是无意义的，却是我们观察生活、记录生活、激发灵感的基础，经过深入的提炼，我们就能发现素材的发光点和思想性。当我们养成了记录的习惯，就会时刻保持思考，这有利于保持良好的创作状态。

二、想象力

想象力是动画编剧应具备的基础素养，因为天马行空一直是动画作品呈现给世界的典型标志之一。也正是因为其具备容纳丰富想象的空间，贡献多层次的视觉效果，从而给予观众心理满足。

想象力是人类在已有事物的基础上，在头脑中创造出新事物的能力。就如看到一个生活中不常见的、外表奇怪的东西，有的人只会觉得丑陋，有的人会将其想象成恐怖的、有着诸多未知性的事物。我们无从得知其他生物的想象力有几何，对于人类而言，想象力是保持好奇心和探索精神的重要元素。一个人想象力的强弱在很大程度上取决于个体的天生差异，也和成长经历有一定的关系。当然，在社会上存在着各式各样的想象力开发机构和产品，从孩提时代的益智活动到设计课堂的头脑风暴，人们总是在试图激发个体在想象力上的潜能。我们不好评说和判断这些训练到底有多少作用，又能否达到神奇的效果，但可以确定的是，想象力已成为人类衡量个体素养的重要参考指标。

具体到作品的创作实践，想象力在动画中的呈现可分为几个不同的层次。

第一，故事主题的确立。在经过文学、戏剧、电影等艺术形式的不断发展和总结后，虽然故事主题已经形成了一些固定的模式，但依然有广阔的想象空间。即使是已有的成熟主题样板，也会随着时代的变迁不断流变，不同地域的价值观取向对主题的影响同样不容小觑，把握这些细节，需要创作者的想象力。

第二，世界观的构建。世界观构成动画作品的基本面貌，是故事中角色的活动空间。这个空间是现实世界中的某个地域？某个行业领域？时间是古时候的某个朝代？是未来的某个时期？抑或是架空的设定？世界观的确立需要确定这个世界中的行事规则、制度等细节。同时，世界观的设置需要综合考量故事主题、角色设置、视觉要求等要素，尤其创作者会根据角色的发展或成长路径调整世界观的格局，因此就会出现大世界观背景下的小世界观构建问题。这些都必须有想象力的加持。

第三，角色的设定。一部剧的灵魂一定是通过角色诠释的，如何安排角色？主角是一位怎样性格的人？他有什么外在特征？从事什么职业？有什么特长？他周围有些什么人？会不断遇到什么人？这些人都是什么样子？起什么作用？请发挥想象。

第四，叙事和角色塑造。之所以把叙事和角色塑造放在一起，是因为二者是密不可分的关系——创作者在叙事的同时也在塑造角色，角色的变化也在推动故事的发展。

巧妙地安排故事的走向、塑造角色立体的性格和形象，都不是易事，创作者的才情和想象力需要在此阶段充分发挥。

三、表达欲

表达是人类必须具备的生存技能。表达的方式多种多样，语言、文字、动作等是最常见的手段，不同的人还会有独特的表达逻辑。作为一名编剧，文字永远是最得力的工具，通过文字可以讲述故事，通过文字可以表达情感，通过文字可以成就经典。因此，具有旺盛的表达欲是编剧从业的保障。

编剧中没有“内向”的人。这里之所以将“内向”打上双引号，是因为这个“内向”不是单纯地指性格层面，而是表达层面。很多人虽然表面上话不多，甚至不善言谈，实际上却擅长寻找生活中和内心深处的灵感和情绪，并且能把这种灵感和情绪通过文字表达出来。这种特质在动画创作领域十分普遍，宫崎骏（图 1–5）就是典型的代表。他很多时候都集编剧和导演于一体，从文字到画面信手拈来。他严肃、不善言谈、不喜交际，但他旺盛的表达欲已经促使他在数次隐退后重出江湖，年过八旬仍保持着创作状态。“与其什么也不做便死去，不如在制作中死去”，这是宫崎骏对自己不断“食言”的解释，也是他渴望表达的最真实写照。这位创作者有着非常强的个人性格属性，但他通过自己擅长的领域持续进行表达，为动画编剧树立了榜样——唯有表达不止，方可安身立命。

图 1–5　宫崎骏

四、积累

俗话说，熟读唐诗三百首，不会作诗也会吟。持续不断的积累是做好任何事的基本方法论，编剧也不例外。上文关于生活观察和体验部分中所强调的随时记录、阅读等都属于素材积累的范畴。

除了这一类积累之外，还有技术层面的积累。想要编故事，就要先听故事。当听的故事足够多，创作者自然会依葫芦画瓢编出一二。对于编剧而言，要写出剧本，首先就要观看足够多的影视作品。观看的目的不只是单纯地欣赏，而是拉片训练，通过对作品主题表达、结构、情节、戏剧冲突、角色塑造等的分析，去探求其中的规律，即所谓的“门道”。这些“门道”还可以通过阅读经典剧作论著进行学习。站在巨人的肩上，创作者可以得到更深的启迪。只有在熟悉剧本写作的普遍规律之后，创作者才可能在创作时知道如何下手，如何在即使没有绝佳想象力时也能够凭借写作技巧完成一部合格的剧本，这点对于初学者尤其重要。

文学素养同样是编剧不可或缺的，同属于文学创作的范畴，编剧和作家的基本文字能力要求是一致的。文学素养的提升是一个长期的过程，需要大量阅读、积累，达到上知天文、下知地理、通晓古今、海纳百川的地步更是极好的。这种宽度和广度不是仅仅靠阅读剧本所能达到的，毕竟一部再优秀的剧本包含的领域都是有限的，剧本更像是一种浓缩，是积累丰富全面的文学感觉之后的成果输出。作为“杂家”的编剧自然不用限定阅读的作品类别，小说、戏剧、散文、诗歌……各式文体皆可大胆涉猎。靠抄来的几招套路化写作手法和编故事的热情一举成名，显然是无稽之谈。虽然这种浮躁心态在时下社会中已成泛滥之势，但又有多少持这种心态的创作者可以经受时间的考验呢？脚踏实地，厚积薄发，永远是不过时的编剧本色。

思考与练习

1. 动画剧本的特性有哪些？
2. 讨论如何更好地积累创意素材。
3. 尝试将一段文学内容改编为剧本。

第二章

动画剧本的创作流程

本章知识点

- 创意策划。
- 片名、角色介绍和故事梗概。
- 剧本大纲。
- 写作与修改。

学习目标

- 掌握动画剧本的创作流程。
- 了解动画剧本的创意策划方法。
- 熟悉起片名的原则。
- 掌握故事梗概的写作方法。
- 掌握剧本大纲的写作方法。
- 知晓剧本写作和修改中的注意事项。

在明媚的早晨，你愉快地打开工作室的门，先冲杯咖啡或泡杯茶，坐下，打开电脑，打开电子文档，双手放在键盘上，准备敲出第一个字。但时间在一分一秒地过去，电子文档上依然空空如也，本来轻松的心情变得越发急躁，闪烁的电子光标猛烈地冲击着大脑中的空白。好吧，真是一个糟糕的早晨，我根本想不出写什么故事。

相信大家都曾经或者正在经历剧本创作上的苦恼，尤其是初出茅庐者，虽然曾经在脑海中预想过无数个精彩的点子，等到真要付诸实践时，却变得不知如何下手。

当面对空白的文档，你必须清楚自己要写怎样的故事，也许这个故事在你脑海中只是雏形，只存在一个有趣的角色、一个机智的包袱、一个出人意料的结尾，或者只是想呈现出深刻的寓意，但最终它们都要转化为有画面感、有视听表现力，符合专业规格的剧本。

剧本写作是一个系统化工程，创作者需要通过各个环节的逐步实施，才能让初步的想法最终成为完整的剧本。

第一节　起步——创意策划

创意是指通过创新思维挖掘资源和激活资源组合方式，进而提升资源价值。无论从事何种工作，“创意”是创新的第一步，尤其对于从事脑力工作的编剧而言，“有创意”将成为整个职业生涯中孜孜以求的目标。

创意从何而来?

首先，创意的来源一定建立在素材的积累之上。素材是未经加工整理的、感性的、分散的原始材料，这些材料本身并不具备完整的艺术表达作用，收集它们的意义在于可以通过提炼、加工、改造的方式，使之成为“题材”。素材收集的另一个附加作用是激发创意，素材的一个点，就有可能成为整个创意的灵感之源。

其次，创意同样可以通过一定的方法和技巧去策划。创作者总想着自己的创意可以一鸣惊人，达到前无古人、后无来者的效果，这是不现实的。更多的创意建立在既有框架的基础之上，并可以通过一定的手段去实现，换言之，创意是可以被重复的。

具体到动画剧本的创作，可以从多个方面去实现。

一、从表现手法上的求新去策划

从艺术和技术的角度出发，凡是使用逐格拍摄技术创造性地呈现“动”的艺术形式，都可以归为动画的范畴。因此，动画作品的表现手法可谓是气象万千，这也就为动画剧本创作提供了先天的创意优势。

从动画表现的历史来看，二维和三维是最主流的创作方式，也是最被大众所接受和熟知的。在二维和三维的范畴内，创作者可以通过造型、色彩、构图、技术创新等多种手段进行创新，以达到视觉吸引的目的。以二维为例，虽然目前世界范围内日式造型和创作流程影响力最大，也深刻影响了当下国内二维的表现方式，但依然会有《雾山五行》《请吃红小豆吧！》《餐桌上的世说新语》等具有典型风格差异的优秀作品出现。不同的表现手法可以激发不同的创意思维，这也是动画不同于实拍影视的特别之处。实际上，目前以日式风格为主流的创作，本身就存在很大的弊端和创意限制，典型的“二次元审美”也正在向更多元的方向拓展。

对于动画短片和时下流行的短视频动画而言，形式感的独创性和极致化更具有创意的可能性。新鲜的、具有独创性的形式感，比常规的形式更醒目，更能吸引观众的注意力。同时，采用那些新鲜的、具有独创性的表现手法，也为观众开阔了视野，突破了看待事物的固有方式。《风雨廊桥》（图 2–1）是当下为数不多的定格动画作品，更是极为稀缺的武侠定格动画作品，全片采用黑白色调，营造了一种极具吸引力的诡谲却充满魅力的艺术气息。在故事的讲述上，《风雨廊桥》也力求用无对白的方式，通过角色身份隐喻、道具设置等方式推进情节发展和进行人性的思辨。

图 2–1 《风雨廊桥》

形式感的求新求变，不仅限于材料、制作技术的突破与创新，更重要的是思维方式的突破。形式感的构思、创意是和故事情节、画面审美等元素紧密相连的，当所有的元素成功汇集一起，全片的水准自然会提升。

二、从视角上寻求故事的突破

人们在日复一日的生活中难免会感觉乏味，希望通过不同的方式寻求别样的体验，影视作品的功能也正在于此。创作者在创作中尝试变换讲故事的视角，会达到事半功倍的效果。如何改变视角呢？可以从以下层面出发。

（一）改变故事的发生地

离开日常生活空间，去寻找不一样的地方展开故事，比如未来、过去、异世界、微观世界、云层之上、土地之下、水中、荒漠、原始森林、身体内等。说到这些，你脑海中是否已经能够蹦出一些知名的动画作品了呢？例如，《机器人总动员》（未来废弃的地球的生活）、《哆啦 A 梦》（可以通过任意门穿越时空）、《借东西的小人阿莉埃蒂》（让观众一睹日常生活中无法看到的微观世界）、《昆虫总动员》（昆虫们的世界总是很奇妙）、《暴力云与送子鹳》（云层之上的云朵们原来还可以创造孩子，图 2-2）、《海底总动员》（神秘的海洋总是独具魅力）、《头脑特工队》（喜怒哀乐也可以演绎出非凡的故事）……

图 2-2 《暴力云与送子鹳》

《暴力云与送子鹳》是皮克斯制作的短片，讲述了在云层之上，有生命的云朵们可以像女娲一样捏出一个个各物种婴儿，并由送子鹳将孩子（幼崽）送到世间。

你会发现，很多天马行空的动画都是从改变故事的发生地开始的。现象级作品《国王排名》（图 2-3），虽然故事发生地以伯斯王国为基础，但为实现主角波吉的成长，采取的依然是公路式冒险游历设定，二王子戴达进入伯斯的身体，同样增加了故事的看点。即使是发生在现实世界的故事，许多动画作品也会借助冒险、寻找、解谜等主题设定，让主角踏上未知之旅，从而追求新鲜感和吸引力。

图 2-3 《国王排名》

（二）改变角色身份

改变角色身份与改变故事发生地一脉相承，并且在动画创作中更为普遍。各种动物是动画创作中最常见的角色，植物、物品以及想象出来的神仙、鬼怪等都可以成为动画创作的主人公。《僵尸新娘》和《寻梦历险记》展现了骷髅世界的绝妙；《怪兽电力公司》里的怪兽都有着自己独特的能力；《非人哉》（图 2-4）中隐秘在人间生存的精怪们各有千秋；《百妖谱》中的各路妖怪的故事中有亲情和陪伴，也有信义和承诺。改变角色的面貌，就意味着不同的故事创意，从角色入手，不失为绝佳路径。

图 2-4 《非人哉》中的主要角色

例如，《非人哉》中的角色们虽是被广为熟知的神话角色，但他们以开脑洞的方式出现在现代社会中，成为我们身边的宅女、暖男、上班族、犬系男友，搞怪、荒诞，既现实又温暖。

三、从故事的讲述上寻求突破

故事之所以是故事，就在于本身有太多的可能性，面向的受众、讲述的方式、故事的精神内涵等都可以找到创新的可能性。就如同样是西游题材，给孩子看的版本可以是师徒四人勇敢地不断闯关（1999 年首播的央视版《西游记》动画剧集）；给青年看的版本可以是对师徒进行魔改的热血男人帮的伤痕故事（日本动画《最游记》）；给大众看的可以是失意中年男人重新找回生活的勇气（《西游记之大圣归来》）。

（一）从故事类型上寻找灵感

动画作品的类型虽然仍未发展得如实拍影视作品的类型那样成熟，但也已形成基本的类型创作规律。这里的类型可以从子供向、少年向、少女向、成人向等受众层面去考虑，也可以从冒险、运动、恋爱、玄幻、推理等题材类型层面入手。例如，《大理寺日志》（图 2–5）是典型的破案推理类型作品，但其既有真实历史，又有演绎架空的时代背景设置、独具个性和人格魅力的角色设置、环环相扣的跌宕剧情，这让其在推理类型片中拥有了特殊的吸引力。

研究相关类型作品的统一规律、创作模式、基本手法等，可以帮助创作者快速地进入创意策划状态，并在类型的框架内寻找创新的可能性。

图 2–5 《大理寺日志》

（二）从叙事结构上激发创意

好故事需要好剧情，同样需要好的讲述。从叙事结构上入手，同样可以化腐朽为神奇，激发丰富的创意点。剧本可以以小见大，用小切口进入故事，展现的却是大世界；可以从不同角色的视角讲述故事，反派的视角、第三者的视角可以呈现出不同的故事情节和情感体验；可以以悬念入手，引导观众一步步揭开谜底，环环相扣，跌宕起伏，出人意料；可以让角色穿越时空，往返过去与未来，用时间营造多种可能性。《千年女优》中人物在多时空自由穿梭;《李献计历险记》中幻觉与记忆缠绕;《你的名字》（图 2–6）中平行时空交错;《夏日大作战》中现实与虚拟的交织……这些优秀作品无一不是在叙事结构上激发创意。

图 2–6 《你的名字》

《你的名字》虽然仍未脱离新海诚所擅长的青春男女情感题材，但它以非同寻常的方式呈现了爱情，“灵魂互换”和“穿越时空”的剧情营造着梦幻的温情和浪漫。

（三）从主题内涵上挖掘可能

如同写作文时有中心思想，每一部动画作品都要有特定的主题内涵，是实现梦想？是成长蜕变？是真挚情感？是人性思辨？可以说，对主题内涵的呈现和把握程度是决定作品最终成功与否的关键。在创意和策划之初，明确主题内涵相当于为故事的拓展找到了支点，可以事半功倍。

例如，《雄狮少年》（图 2–7）虽在人物造型上引发争议，但仍是难得的优秀现实主义题材作品。它将普适性的“梦想”主题，呈现出既现实又积极向上的丰富内涵。

图 2–7 《雄狮少年》

四、明确目标去策划

创作动画的目标会因人因事而异，这些不同的目标可以成为很好的策划源头。一般而言，我们可以从具体用途和艺术目标两个层面去考虑。

（一）具体用途

动画作品的具体用途可以分为两大类：商业用途和非商业用途。商业用途的核心是利润，无论是票房收益、点击量，还是衍生收益，实现的手段一定是娱乐观众。要达到这一目标，分析目标受众的具体观影需求就是策划的核心。非商业用途会更加丰富，常见的目标主要有艺术表达、实验探索、竞赛交流等，创作者可以依据所想要表达的内容、探索的手法、竞赛的要求等去做具体的策划，做到有的放矢。

举个动画史上很有趣的例子，让全世界都知道菠菜威力的大力水手波派其实最初并不是依靠菠菜获得能量，而是靠摸一只母鸡的头，但因为角色招人喜欢，波派迎来了成为主角的机会。为了更好地展现其角色魅力，创作者重新设计他的能量来源。当时社会上流行着吃菠菜可以增强体魄的“误会”，一个菠菜罐头厂商看准了这个商机，投资了作品并顺利地将菠菜罐头作为大力水手的能量来源。于是，《大力水手》成为最好的“菠菜动画广告片”。虽然这个故事的细节真实性仍有待考证，但能够很好地诠释以动画创作目标为创作方向的重要性。在《海尔兄弟》《三只松鼠》《雪王驾到》（图 2–8）这些用来提升品牌影响力的动画作品中，创作者自然深谙其中的道理。

图 2-8　蜜雪冰城品牌的衍生动画剧集《雪王驾到》

（二）艺术目标

无论是商业用途还是非商业用途，动画作品的创作都可以在艺术目标上寻找突破口，娱乐、教育、情感、思想、文化等角度都可以成为策划的起点。

例如，动画短片《融融》（图 2-9）的创作灵感来源于越来越多的学生出现心理障碍问题，这背后的原因是什么？能否通过作品的艺术化处理让更多的人认识和重视这一问题？创作团队以此疑问为起点展开调研，最终落脚在“家庭冷暴力”的创意点上，并展开具体的策划工作。作品最终获得良好的社会效益，获得了包括第六届全国大学生网络文化节动漫征集活动二等奖等在内的多项荣誉。

图 2-9《融融》

到这里，我们似乎已经了解了一些激发创意和寻找创意的方法，但这仅仅是第一步。因为一个创意最终呈现出的效果可能是绝佳的，也有可能是糟糕的。这一好一坏的差距，关键就在于创作者能否赋予剧本合乎逻辑的剧情和传达真挚的情感。因此，接下来的步骤就显得尤为重要。

第二节　初落笔——片名、角色介绍和故事梗概

有了故事创意点之后，创作者就可以继续完善故事。要使创意点成为一个故事而不仅仅是一件琐事，创作者就需要设计角色、目标、冲突三要素。这个故事中有几个角色？分别是什么类型的？分别有什么需求？他们在这个故事中要达到怎样的目标？在实现目标的过程中会遇到什么样的困难？这个困难是什么造成的？是某个角色、某种环境，还是角色自身的弱点？能够回答出这些问题，故事的样貌也就有了雏形。

思考完这些问题后，创作者就需要真正地落实到纸上，初次的落笔一般包含三部分内容：片名、角色介绍、故事梗概。

一、片名

片名是能够最直接反映故事内容的元素。好的片名如同画龙点睛之笔，可以为作品带来不错的前期热度；反之，一个“烂”片名可能会成为一部优秀作品蒙尘的罪魁祸首。

不过片名的好坏评判标准是动态的，有着诸多影响因素。一般而言，片子的命名应该注意以下几点要素。

（一）符合作品调性

要依据作品面向的受众、作品内容、主题内涵等选择合适的片名。例如，走低幼路线的《小猪佩奇》《萌鸡小队》《海底小纵队》；走热血路线的《镇魂街》《我的英雄学院》《海贼王》；走青春校园路线的《我为歌狂》《昨日青空》（图 2-10）等。

（二）符合时代审美

片名要符合不同时代下的整体社会审美倾向，尤其要对核心受众的审美趣味有精准的把握。例如，近些年流行的短句式长标题，从实拍影视作品到动画作品都随处可见，《快把我哥带走》《炼气练了 3000 年》《暂停！让我查攻略》《靠你啦！战神系统》《食草老龙被冠以恶龙之名》《我家大师兄脑子有坑》（图 2-11）等皆是此类。这种带有明显情感抒发性质的标题，能够帮助观众快速地代入情绪，激发观众观看欲望，它们也是对时代文化的一种映射。

图 2–10 《昨日青空》

图 2–11 《我家大师兄脑子有坑》

（三）符合营销需要

面向市场的商业动画作品在很多情况下需要配合市场营销的需求，契合热点风潮，打造统一标识，甚至是“碰瓷”经典。例如，《玩具总动员》引起轰动后，“总动员”成为国外引进作品的常用译名元素，这一风潮持续数年，甚至多部国产影片也有模仿。又如，《西游记之大圣归来》火爆之后，《大鱼海棠》《大护法》《大世界》接踵而至。还有一类作品如《小美人鱼的奇幻冒险》《疯狂丑小鸭》《阿里巴巴与神灯》《白雪公主和三只小猪》等，都打着经典 IP 的噱头，实则是质量低下的商业投机作品。

我们应该清醒地认识到，这些商业化的命名方式既有积极作用，又有很强的负面影响，同时会受到多方因素的制约。对此，编剧需要更谨慎和全面地去看待。

当然，片名的确定并没有严格的时间限制，可早亦可晚。有些创作者也许在创意阶段就有了主意，有些作品也许在即将上映之时依然会有片名的变动。无论如何，片名的重要性是不言而喻的，需要引起足够的重视。

二、角色介绍

角色是支撑故事和讲述故事的行动主体，将基本情况进行罗列可以帮助我们更好地理解自己的创作。这些情况一般包含姓名、年龄、性格、外貌、社会关系、背景、目标、隐私等内容，创作者可以撰写角色小传。不同类型的剧本侧重点也不同，需要具体情况具体分析。此部分的详细讲解在本书第四章，此处不再赘述。

三、故事梗概

故事梗概是初落笔阶段最需要打磨的部分。简单而言，故事梗概可以视为剧本故事的概要描述，需要包含一些重要元素，如主角、主题、冲突、转折点和结局等。它能够反映未来剧本的大体轮廓和体现故事水准，以便剧本读者尤其是投资者快速了解整个故事的框架和核心内容，并做出合理的判断。撰写故事梗概是剧本正式创作前的重要一环。

在实际的剧本写作中，故事梗概一般可以分为简洁梗概和详细梗概。简洁梗概如一句话故事梗概，详细梗概则会将关键信息展示得更丰富。

（一）一句话故事梗概

一句话故事梗概用最精练的语言把故事的核心概括出来，一般会控制在一句话之内。当一句话实在无法清晰地表述时，也可以分为两句话。一句话故事梗概需要包括主要角色、故事的发生背景、故事的主要情节（冲突、矛盾）三个方面的要素。

例如，《疯狂动物城》的一句话梗概可以描述为：

兔子警察朱迪与狐狸尼克在调查失踪案件时合力揭露了城市中存在的种族歧视和偏见问题，帮助不同的动物种族建立了更加平等和谐的关系。

又如，《寻梦环游记》的一句话梗概可以描述为：

有梦想的小男孩米格尔面对家人对音乐的禁令，偶然进入亡灵国度，他与曾祖父和祖辈们重逢，一家人想办法将米格尔送回人间。

（二）详细梗概

详细的故事梗概可以在一句话梗概的基础上加入更多的细节。

例如，《疯狂动物城》的故事梗概可以描述为：

在动物世界中，猎食和被猎食的关系已经成为历史。动物们和谐地生活在动物城中，但偏见仍无处不在。在动物城郊区的小镇上，兔子朱迪一直梦想着成为一位警察，但生来弱小的她，无法让别人相信自己的能力，连家人都劝她放弃这个梦想。但不服输的朱迪凭借自己的努力顺利从警校毕业，成为动物城第一位兔子警察，并被分配到市区警察局。满怀憧憬和抱负的朱迪来到满是大块头的警察局中，却因偏见受到不公平待遇，成为一名交通协管员。偶然的一次机会，朱迪与以坑蒙拐骗为生的狐狸尼克产生了交集，虽然朱迪拆穿了尼克的鬼把戏，但仍被尼克嘲笑，接连的不顺让朱迪情绪低落。在一次擅自的追捕抢劫犯行动中，朱迪救下鼩鼱小姐并成功抓获抢劫犯，这提振了她的精神，但她也险些被警察局解雇。在羊副市长的帮助下，朱迪保住了工作，并有机会参与水獭失踪案，但破案时间只有48小时。朱迪通过计谋迫使狐狸尼克协助她一起破案，他们通过瑜伽教练、车管所树懒、黑帮老大等提供的线索一路追查，最终发现所有的失踪动物都被狮子市长秘密关押。狮子市长被抓捕，朱迪成为英雄，但在发布会上朱迪将食肉动物发疯与动物本性相关联的言论使动物城陷入对食肉动物的不信任危机，尼克也误会朱迪并离她而去。羊副市长顺利上位成为市长，朱迪却因动物间的信任危机自责而离职。回到家乡的朱迪在不经意间知晓了让动物兽性大发的“午夜嚎叫”其实是一种花，她找到尼克重新开始探求案件的真相。通过倒卖“午夜嚎叫”的黄鼠狼，他们发现了绵羊道格利用“午夜嚎叫”毒液射击食肉动物的阴谋。在朱迪与尼克带证据回警察局的路上，羊市长出面阻拦，暴露了自己才是幕后黑手的事实。两人利用智慧顺利掌握羊市长的罪行并报告警察局。动物城一切恢复如初，朱迪发表演讲，尼克顺利成为警察。两人继续搭档，开始了新的生活。

要明确的是，故事梗概并不能和大家经常看到的影片介绍画等号。影片介绍的主要作用是宣传影片并吸引潜在观众，它强调噱头和“讲话讲一半”，调动观众的观看欲望。

仍以《疯狂动物城》为例，也许观众看到的是这样的影片介绍：

影片故事发生在欣欣向荣的动物乌托邦，在这里各种动物和平共处。尼克是只说话速度特别快、有着宏图伟愿的狐狸，然而他却被栽赃陷害，不得不踏上亡命之旅，兔子警察负责追捕他。当他们同时卷入意想不到的阴谋时，他们不得不联手。两位天敌能否成为朋友呢？

也许观众看到的是：

在一个现代化的动物都市中，每种动物都有自己的居所，有沙漠气候的撒哈拉广场、常年严寒的冰川镇等。这座都市就像一座大熔炉，动物们在这里和平共处——无论是大象还是小老鼠，只要努力，就能闯出一番名堂。兔子朱迪从小就梦想成为动物城的警察，尽管身边的所有人都觉得她不可能当上警察，但她还是通过自己的努力，跻身全是大块头的动物城警察局，成为第一个兔子警察。为了证明自己，她决心侦破一桩神秘案件。在追寻真相的路上，朱迪迫使在动物城里以坑蒙拐骗为生的狐狸尼克帮助自己，却发现这桩案件背后隐藏着一个意欲颠覆动物城的巨大阴谋。他们不得不联手，去尝试揭开真相。

我们会发现以上两段内容都把握了剧中的一些关键信息，用这些信息吊起观众的胃口，同时将精彩部分故意隐藏，营造“欲知后事如何，请听下次分解”的神秘感。然而，它们都无法让读者清晰地了解故事脉络，这与故事梗概要达到的目标明显不同。

第三节 框架初成——剧本大纲

在有了详细的故事梗概的基础上，创作者就可以开始撰写大纲。大纲一般是将故事分为若干幕，每一幕都代表故事的不同发展阶段，以便创作者在后续剧本写作中始终保持对故事脉络和叙事节奏的清晰把控。

在大纲的撰写中，创作者应注意以下几点：

第一，结构应该自然流畅，脉络清晰，能够准确地展示剧本内容。

第二，大纲应该简短，不要过于冗长，以便读者能够快速了解剧本的主要内容。

第三，语言应尽量简洁明了，避免使用过多的修饰性语言。

《疯狂动物城》的剧本大纲如下。

第一幕：小兔子朱迪的梦想

故事以小兔子朱迪在农场长大的情景开始。她和小伙伴们在表演话剧，剧中交代了当下食肉动物和食草动物已经和平相处的背景。朱迪向往成为一名警察，但因为体型太小，父母并不支持，他们希望朱迪也能像他们一样在农场种萝卜。朱迪并没有放弃自己的梦想，但在一次帮助小伙伴摆脱坏蛋狐狸格雷欺负时，她被狠狠地嘲笑并被抓伤，这让她留下对狐狸的坏印象。

第二幕：朱迪初到警察局被歧视，接下水獭失踪案

朱迪进入警校，经过努力学习，她克服了体型上的劣势，以第一名的成绩顺利毕业。狮子市长为其颁发警徽，她成为首个兔子警察。在颁奖现场，明显被狮子市长看不起的羊副市长，为朱迪作为小型动物成为警察而开心。朱迪被分配到动物城市中心警察局，带着爸爸为她准备的防狐喷剂开始了自己的警察生涯。令朱迪没想到的是，因为警察局局长对体型的偏见，朱迪被安排成为一名交通协管员，这虽然令她不悦，但她也只能积极工作。在执勤中，朱迪帮助了“好爸爸”狐狸尼克完成了为“儿子”买雪糕的心愿，也让她更确信不能对任何动物抱有偏见。但偶然的机会，朱迪发现尼克其实是个骗子，尼克对她警察梦想的嘲笑更令她心情低落。在一次擅自追捕抢劫犯行动中，朱迪救下鼩鼱小姐，并成功抓获偷取藏红花种子的黄鼠狼，这提振了她的精神，但她也因为超出交通辅警职责而使警察局局长暴怒。水獭夫人报案称丈夫失踪，朱迪在羊副市长的帮助下接下此案，但她必须在48小时内破案，否则就需辞职。

第三幕：朱迪和尼克一起追查案件

朱迪从案件卷宗中发现狐狸尼克可能是找到案件线索的人，于是利用计谋迫使尼克帮助她一起破案。通过瑜伽教练和车管所树懒提供的信息，他们来到了黑帮老大“大先生”的地盘，并险被处置，幸亏“大先生”的女儿认出朱迪就是救命恩人他们化

险为夷。“大先生”为朱迪和尼克提供了重要信息，两人来到司机黑豹家中了解到水獭当晚突然发疯并大喊“午夜嚎叫”的线索，但黑豹也突然发疯，险些将他们吃掉。朱迪认为，水獭和黑豹的异常反应与本身的野性有关。警察局局长及时赶到救下他们，但局长并不相信朱迪所说的话，并要解雇她，尼克及时出手帮朱迪暂时保住了警徽。朱迪感谢尼克，尼克也敞开心扉，说出了自己因一直被别人歧视而自暴自弃的秘密，两人开始互相欣赏。朱迪请羊副市长帮忙调取交通探头信息，经过调查，她终于发现“午夜嚎叫”的狼群关押了所有的失踪动物，而狮子市长竟是幕后黑手。朱迪及时用手机录下狮子市长的犯罪证据并报告警察局，狮子市长被抓捕。朱迪成为英雄，她邀请尼克加入警察局做自己的搭档，但在发布会上，朱迪将食肉动物发疯与动物本性相关联的言论使动物城的动物们陷入对食肉动物的不信任危机，尼克也因误会朱迪仍然对自己有偏见而离开了她。

第四幕：幕后阴谋的最终揭秘

食肉动物攻击案件日益增多，动物城的不信任危机越发严重，朱迪倍感失落。羊市长顺利替代了狮子市长，并委任朱迪为警察局新的形象代言人。朱迪认为自己的言论造成了动物城的分裂，于是辞去了警察职务。回到家乡的朱迪在不经意间从狐狸格雷和父母口中得知，让动物兽性大发的“午夜嚎叫”其实是一种花，这让她恍然大悟，意识到之前自己破案时的理解出现了严重错误。朱迪找到尼克承认自己的错误，得到了尼克的原谅，两人重新开始探求案件的真相。他们找到之前偷盗藏红花（“午夜嚎叫”）种子的黄鼠狼，并在“大先生”的帮助下迫使他交代了绵羊道格是买主的线索。朱迪和尼克发现，绵羊道格在秘密车厢中种植了大量“午夜嚎叫”，并利用其毒液射击食肉动物，而这些动物正是突然兽性大发的那些食肉动物。他们进行了激烈战斗并拿到了证据。在带证据回警察局的路上，羊市长出面阻拦，暴露了自己才是幕后黑手的事实，她憎恨食肉动物，并想消灭他们而建立一个食草动物统治的世界。羊市长想利用“午夜嚎叫”毒液迫使尼克发疯并咬死朱迪，两人再次利用智慧，顺利用录音笔记录下羊市长的罪行并报告警察局，羊市长被捕。

第五幕：动物城恢复平静，朱迪和尼克成为真正搭档

案件真相大白，食肉动物和狮子市长都得以昭雪，被注射毒液的食肉动物在解药的作用下恢复正常，动物城回到了往日的宁静。朱迪发表演讲，尼克成为第一个狐狸警察，两人成为真正的搭档，开始执行新的任务。

从以上大纲，我们可以清晰地看出，在这五幕中，第一幕起到了介绍故事背景和展现主要角色的作用，之后的四幕则以主要事件的开端、发展、高潮、结局的架构为基础展开，每一幕都对重要的人物、事件等做了清晰的交代。至此，正式的剧本写作工作可以真正开始了。

第四节　细化与成稿——写作与修改

有了大纲的故事框架，就已经完成了整个剧本的体系搭建。在正式的写作中，创作者除了把控整体的故事进度和节奏之外，还需要特别注意以下几个事项：

第一，始终不要偏离目标。在具体写作中，虽然已经有了大纲的限定，创作者仍会不可避免地被剧情的细枝末节所影响，要时刻提醒自己不要跑偏。

第二，场景描述要细致。每个场景都应该有清晰和具体的描述，包括地点、时间、氛围等，这有助于为读者创造一个可信的世界。

第三，对话和行动要符合角色性格。对话和行动是剧本的两大核心元素，不仅起到推动故事发展的作用，也能准确反映出角色性格和情感状态。

第四，具备文化敏感性。如果剧本涉及不同文化或历史背景，要确保对差异的处理是准确和尊重的，避免刻板印象和歧视性的描绘。

第五，细节决定成败。在成稿阶段，要对剧本进行仔细审查，看是否有书写错误、语句错误、逻辑问题。有时候，小细节可能会影响整个剧本的质量。

剧本的成稿是一个漫长的过程，这几点注意事项也仅是粗轮廓的提醒，创作者在具体的写作中要做到事无巨细，既要有总览全局的视野，又要有细致入微的观察。反复修改和调整是写作的常态，创作者应明确目标、保持定力，完成满意的作品。

思考与练习

1. 动画剧本创意策划的方法有哪些？
2. 尝试为一部已上映的动画电影撰写一句话故事梗概、详细梗概和剧本大纲。

第三章

动画世界观的搭建

本章知识点

- 动画世界的分类。
- 动画世界观系统的构建原则。
- 动画世界观搭建的具体流程。

学习目标

- 了解动画世界的分类。
- 熟悉动画世界观系统的构建原则。
- 掌握动画世界观搭建的具体流程。

动画世界应该是什么样子？是神话传说中的奇观盛景，还是神奇历险中的异域风情？是历史时空中的悠远缥缈，还是现实世界的似曾相识？以上情况都可能成为动画世界的样子，一切想象都可以构建成故事发生的空间。

在剧本创作中，无论故事如何精彩、角色们如何出色，创作者首先要思考的都是在什么空间、什么场域去讲述，这是舞台和基础，也是所谓“世界观”。在意识形态和哲学研究中，世界观更多是指人们对世界的基本看法和观点，它和人生观、价值观一起被称为“三观”。但在影视、动画、游戏等需要故事支撑的文化产品中，世界观可以简单理解为故事发生的背景、故事世界的规则和规律。

在构建的故事世界中，要有能够支撑所有发生的事情都符合“真实”的系统。理论上讲，这个系统犹如我们生存的地球，它有自己独特的样貌、气候、生态、物种、文化以及生存逻辑等。当然，一个剧本不会将所有的元素都交代清楚，但在构思和写作的过程中，创作者始终都应围绕这个空间的逻辑去展开。

在这一章中，我们将重点阐述动画世界观如何搭建，介绍在搭建中应该注意的各种事项，为角色的塑造和故事的讲述打下基础。

第一节　动画世界的分类

动画作品因题材的不同构建出多彩斑斓的动画世界，主要有三类世界：现实世界、现实和虚构相结合的世界、虚构世界。

一、现实世界

虽然动画世界充满了奇思妙想，但现实世界是所有想象构筑的基础，也是我们最熟悉的环境，因此，以现实世界为背景的作品仍占有一定比例。

以现实生活中的某些个体为创作主体、反映现实问题的作品可以称为“典型现实世界”作品。同时，因现实世界的区域和时空跨度巨大，故事中的实际发生地会限定于某个区域、环境，并展示该区域、环境在某个历史时空下的真实特征。

被视为动画纪录片的《和巴什尔跳华尔兹》（图 3-1）是极具代表性的反映现实世界的经典之作，作品聚焦了中东地区国家在特定历史时期下个体的生活和经历，通过主人公的回忆片段和主人公拜访老朋友获取的信息，再现了第一次黎巴嫩战争期间以色列对巴勒斯坦难民的屠杀历史。虽然学界对动画纪录片的争议从未消失，但《和巴什尔跳华尔兹》对历史的还原与记录让观众看到了动画呈现现实世界的另一种可能性。同样反映特定区域历史的还有《养家之人》（图 3-2）和《我在伊朗长大》（图 3-3），虽然这两部作品都改编自小说，但因对真实世界的深度还原，都具备了极强的现实主义色彩。

图 3–1 《和巴什尔跳华尔兹》

图 3–2 《养家之人》

图 3–3 《我在伊朗长大》

图 3–4 《皱纹》

除了这类具有一定历史记录感的作品，反映现实社会中的某些共性问题或关注某些特殊群体的动画，也能够较好地还原现实世界并可引发观众共情。改编自同名漫画的西班牙动画电影《皱纹》（图 3–4），讲述了在一所养老院里身患阿尔茨海默病的老人们发生的故事，有无奈、有酸楚、有温馨、有抗争，每一个细节都深刻反映着现实世界的悲凉和生命走向衰老的无助。

国产动画中也不乏优秀的现实主义作品，如经典短片《草原英雄小姐妹》，根据贾平凹小说改编的短片《卖猪》（图 3–5），以及长片《幸福路上》《小兵张嘎》《雄狮少年》《大世界》（图 3–6）等。

图 3–5 《卖猪》

图 3–6 《大世界》

其中，《卖猪》以陕北黄土高原风情为故事背景，讲述了大娃、二娃兄弟俩卖猪的有趣故事，该短片对陕北黄土高原的风情和改革开放初期的时代文化给予了精彩呈现。《大世界》故事较为荒诞、魔幻，可以视为“非典型现实世界”的案例，但仍是基于生活的演绎，小城风情、地下犯罪、人性欲望……故事世界符合现实逻辑。

二、“现实 + 虚构”世界

基于现实世界展开故事，并在虚构世界完成故事的主题讲述，最终回到现实世界，这是很多动画作品选择的世界观搭建方式，这种方式尤其在低龄向冒险类作品中所占比重最大。

组合式世界观设定，是对人类幻想和希冀的艺术化演绎，特别符合观众的思维惯性。从现实世界开始，作品可以首先让观众找到现实基点，对真实生活进行映射，接下来的虚构世界探索会满足他们对未知和想象的“变现”需求。当在奇异世界中畅游之后，观众回到现实社会、完成精神的“度假”，无论是满足，还是意犹未尽，都要抽离虚构世界，继续生活。这犹如孩子总会被游乐场所吸引，但在游乐场中尽情释放情绪之后，终会想回到家中依偎在妈妈的怀中入睡。动画《哆啦 A 梦》尤其是其剧场版可以精准地诠释“现实 + 虚构”世界背景设定的魅力。借助哆啦 A 梦的神奇魔力，大雄和小伙伴们可以任意地穿梭于不同的异世界。当“游戏”结束，他们会以更饱满的精神继续生活。

例如，《哆啦 A 梦：大雄与奇迹之岛》（图 3-7）中，为了找到所向披靡的独角仙，大雄在哆啦 A 梦和哆啦美的帮助下与小伙伴们一起来到 500 年前的新西兰，他们意外抓到了早已灭绝的恐鸟，并为了拯救恐鸟开启了奇幻之旅。在经历一系列事件后，大家完成了任务，同时对家庭、亲情有了更深的感悟和理解。

图 3-7《哆啦 A 梦：大雄与奇迹之岛》

合家欢作品和高年龄段作品同样对组合式世界观设定乐此不疲，《寻梦环游记》（图 3-8）中的“墨西哥风情 + 奇幻的亡灵之地”、《你的名字》中的“现实生活 + 时空交错”、《全职高手》（图 3-9）中“蹉跎的网吧生活 + 电竞世界的风光”等都获得良好的效果。其中，《全职高手》将电竞题材搬上了银幕，有效拓展了体育竞技类作品的题材边界。作品对现实和游戏场景交错出现的流畅处理，以及对虚拟游戏世界的动画化叙事，都表现得十分优秀。

图 3-8 《寻梦环游记》中的亡灵之地全景

图 3-9 《全职高手》动画大电影《全职高手之巅峰荣耀》

《头脑特工队》(图 3-10)是近年颇具特色的“现实 + 虚构”世界作品之一。影片将现实世界角色面临的问题作为脑部世界故事的导火索，精彩呈现大脑如何应对外部发生的一切。在虚构的脑部世界中，编剧将人类不同的情绪拟人化为五个角色：乐乐、怕怕、怒怒、厌厌、忧忧，他们共同居住于情绪指挥部，五个角色在其中各司其职。片中每个人都有一个脑部世界，故事则重点以小女孩莱莉的世界为场域。在这里，除了情绪指挥部之外，还随着剧情发展不断出现冰球岛、搞怪岛、友谊岛、诚实岛、家庭岛等核心记忆区，它们是莱莉美好记忆的承载空间。当危机来临，每一种情绪都展示出自己在这个世界中扮演的角色和发挥的作用，更多的场景设定也不断呈现，长时记忆区、记忆垃圾场、思维列车、想象之地、梦境制造厂、潜意识区、时尚岛等让人应接不暇。正是这些奇特景观的支撑，让整个故事成功营造出既虚幻又真实、既感人又引人深思的效果。

图 3-10 《头脑特工队》

三、虚构世界

虚构世界可以摆脱现实中的既定规则，创作者可以根据剧情需要重新进行逻辑的架构。这也往往被视为动画世界应该有的样子，童话、神话、科幻、魔幻、玄幻、仙侠等都是典型的虚构世界题材。此类作品的剧情从始至终都在虚构的环境中展开，整个世界会呈现出超现实的样貌与特征，其中的主角也许不再是人类，而是动物、植物、神仙鬼怪等奇特的拟人化角色。当然，在虚构世界中，观众也许依然能看到现实世界的某些影子，甚至在表面看并未有实质性区别，但虚构世界会有自己的社会规则和生存法则，这些元素将在故事讲述中逐渐展开，并成为推动情节发展的有力支撑。

《奥特曼》是日本圆谷株式会社出品的空想特摄系列作品，自 20 世纪 60 年代推出后热度一直持续至今。《奥特曼》虽然将故事的地点设置在了“地球”，但这个地球已被彻底“虚构化”。在这个世界里，时不时会有怪兽出现，会有地球和平联合组织（TPC），会有来自“奥特星球”的奥特曼和人类结合组成战无不胜的奥特战士，如图 3-11 所示。在“维护正义与和平”的基本主题下，奥特曼系列持续更新，它简单直接却经久不衰，用虚构满足了儿童观众对世界、英雄的想象。这种奥特曼式虚构世界手法成为儿童特摄片和动画片的经典创作模式，引领了同类型作品的创作风潮。

虚构世界在国产动画作品中占比最大，无论是热度不减的“西游系”“封神系”“白蛇系”“山海系”“聊斋系”等神话传说、民间志怪作品，奇妙浪漫、五彩斑斓的童话类作品，还是快意恩仇、刀光剑影的武侠类作品，都是独具中国特色的艺术表达。

图 3-11 《泽塔奥特曼》

《小鸡彩虹》（图 3-12）是杭州天雷动漫有限公司出品的学龄前动画，是国产低龄向动画的代表作品。影片选取了童话故事中最常用的动物角色，但故事的发生地独具创意，七只小鸡生活在由一朵朵云组成的云岛上，故事既浪漫美好，又充满想象力。同时，剧中的角色们采用了升级版“拉毛剪纸”制作工艺，不仅符合小鸡毛茸茸的视觉特点，还为虚构世界营造出独具“国风”审美特色的水墨风格。

图 3-12 《小鸡彩虹》

网络动画《镇魂街》（图 3-13）改编自许辰原作的同名网络漫画，是国产热血奇幻动画中的优秀之作。漫画原作的世界观十分宏大，世界被划分为人界、冥界和大千界三类。人界就是现实世界。冥界本是一体，但由于恶灵数量激增，为避免普通亡灵遭遇残害，御灵使们借助神珠力量将冥界划分为镇魂街和灵域两部分，并将神珠放于榆、槐、桃、桑四神树的根部，守护镇魂街和灵域的结界。镇魂街是人界通往灵域的过渡区，主要功能是吸纳亡灵、镇压恶灵。这里的每条街都会有一名能力超群的“镇魂将”

镇守，可以人灵共存，但只有拥有守护灵的寄灵人才可进入。大千界则凌驾于人界和冥界之上，控制着它们的运转。作品基于广阔的虚拟空间展开，为剧情的不断延展奠定了基础。玄幻、复杂的世界构架已成为国产动画新的发展方向之一，数量可观的优秀佳作涌现出来，未来发展潜力巨大。

图 3-13 《镇魂街》第一季故事的主要发生地罗刹街

第二节　动画世界观系统的构建原则

现实世界的环境可分为自然环境和社会环境两大系统。自然环境塑造了生物的物理属性，社会环境塑造了生物的精神属性。同时，环境又可分为大环境和小环境：大环境可以大至国家、世界，甚至宇宙；小环境可以小至区域、场所，甚至个人。环境对生物个体的影响是全方位的，但有时个体也能够通过一定的方式影响和改变环境。

文艺创作是对现实世界的提炼和重构，故事中的世界观系统同样是对现实世界的戏仿。如何修复？又如何重构？这里就需要提到“典型环境”的概念。

所谓典型环境，就是指文艺作品中典型人物所生活的、形成其性格并驱使其行动的特定环境。恩格斯在《给玛·哈克奈斯的信》中论述过典型人物与典型环境。两者的统一，是现实主义创作的一个基本原则。

综上，我们可以总结出文艺创作中世界观系统构建的核心原则：故事背景和环境的设置必须符合主角设定的需要，同时又要对主角的行动产生推动或限制作用。这点对于动画创作同样适用，要达到此目标，我们在具体实践中需要注意以下几点。

一、系统一定是闭环的

既然是系统，就会包含各类要素，并且各要素能够闭环，形成独立且封闭的空间。动画世界以虚构世界居多，创作者应注意系统内部生态不可出现自相矛盾之处，故事中的角色行为都限定于规则内，规则不可随意更改。

例如，我们要创作一部关于外星世界的作品，就需要思考关于该星球的各类细节，自然形态，社会形态，外星人的身体样貌、语言、生活习惯、行为方式、特别技能等，只有把所有细节都规划清晰，世界观才是完整的，之后的故事讲述中角色的任何行为都必须围绕其展开。

以皮克斯经典影片《怪兽电力公司》(图 3-14)为例，故事中的怪物世界有着一套独特的生存法则，电力是维持这个世界正常运转的核心能量。生活于其中的怪物居民需要像人类一样工作，在电力公司发电则被视为“好工作”，谁的发电贡献量大，谁就会赢得人们的喜爱和尊重。有了这个基础的世界观之后，创作者就要思考更为核心的问题：他们是怎么发电的？如何才能拥有大的发电量？在《怪兽电力公司》中，人类孩子的尖叫声是能量的来源。为了让接下来的故事更有张力，这个世界中还存在另一个核心逻辑，看似样貌奇怪的怪物们都很害怕孩子，认为孩子们的一切都会对自己造成伤害。在需要孩子的叫声发电又害怕孩子的矛盾之下，这份工作对于怪物们来说并不轻松。两条核心原则确立后，故事的发生也就有了基础，其后所发生的一切都在这个逻辑内展开，观众也会相信故事角色们的反应和故事走向。

图 3-14 《怪兽电力公司》

再如网络动画《请吃红小豆吧！》（图 3-15），故事发生在甜品的世界，包括红小豆、黑珍珠、芦荟、枸杞等在内的各种甜品食材都生活在这里，它们同样需要工作，而工作的内容就是混迹于各式甜品中边玩耍边等待最神圣的结局——被吃掉。被吃掉，这个在我们惯性思维中希望避免的最坏结果，在作品中成为最神圣的结局。当这个逻辑被确定，再看心怀被吃掉梦想的红小豆每天耍宝和希望破灭，轻松、搞笑、解压、治愈的作品属性便成功营造出来。

图 3-15 《请吃红小豆吧！》

二、环境塑造角色身份与性格

如果说世界观系统组成的封闭空间是生活于其中的角色必须遵循的大逻辑，那么他们生活、工作、成长的小圈子就是一个个小单元。小单元往往是剧情的切入点，也就是剧本写作中呈现最详细的世界观部分。比如，主角的身份设定是学生，小单元就主要展现学校、同学、家长；主角是运动员，小单元就是运动场、比赛场、队友；主角是职场新人，小单元则会聚焦公司和同事。当然，这些都是最常规的设定，如主角虽是职场新人但要成为拯救世界的英雄，小单元的环境设置就要另当别论。

小单元里的环境、生态对角色的影响是直接而深入的，角色的身份、性格等最基本特征都需要在其中完成。这就如当下社会中经常提到的"原生家庭"，角色最初在影片中的表现都可以从中找到缘由。当角色踏上"寻梦之旅"，他的行为仍会有原来的影子，这个影子也许是正面的也许是负面的，并有可能成为影响剧情发展的决定性因素。

《火影忍者》设置了庞大的世界观系统，由风、水、雷、火、土五国组成的忍者世界，每个国家都有独特的运作机制，其中，火之国发展得最为繁荣。作品中描述最为详细的是主角鸣人生活的木叶村小环境。在这里，火影是能力最强的忍者，同时也是最高领袖和守护者，是火之国的精神图腾（图 3–16）。鸣人的性格特征十分突出，爱恶作剧、乐观、善良、坚毅、永不服输，加之其对拉面的无比喜爱，令人印象深刻。那么，他为何会形成如此的个性呢？我们来分析一下小环境的设置。

图 3–16 《火影忍者》中的火之国木叶村全貌

首先是爱恶作剧。鸣人的父亲其实是四代火影，为了保护村子免受九尾狐妖的攻击，他牺牲了生命并将狐妖封印于鸣人体内，鸣人也因此被村民视为狐妖的化身而遭遇冷眼相待。当然，最初鸣人对此并不知情，他只知道自己是孤儿，没人愿意和他玩耍，他只能用最简单的方式引起大家注意，并希望得到大家的认可。

再看乐观和善良。从小经受嘲讽和磨难，并没有让鸣人消沉，以卡卡西为代表的老师们的关心让他明白情感的可贵以及坚持梦想的重要性。于是，在面对生活的磨难时他总可以保持乐观的心态，在他人面对困难时他也总会伸出援助之手。

最后看坚毅和永不服输的性格，这一方面是生活的磨难和他人的关心所致，另一方面和鸣人的身世直接相关。作为火影的后代，他传承了父辈的优秀品格和基因，加之体内被封印的狐妖力量，决定了他具备超出常人意志的可能性。

通过以上三点的分析，我们可以直观地感受环境对于角色性格的重要影响。其实，除了鸣人之外，片中佐助、小樱、小李等主要角色（图 3–17）身上的特征都能在小环境中找到原因。因此，优秀的世界观系统不一定是庞杂的，而一定是细致入微的，角色性格的每一面都可以在环境中找到相应的依托，故事还可以围绕其中的细节“做戏”。

图 3-17 《火影忍者》中的主要角色

三、环境与角色目标相辅相成

当角色身份和性格等基本信息在各要素的支撑下描述完成，创作者就要构思角色为实现目标开始的一系列行动，这些行动也许仍在原有的小环境中完成，也许会进入另外的小环境中完成，此时就要考验世界观系统设置得是否严密和科学，能否与角色的目标形成有效的互动。

仍以《火影忍者》为例，鸣人始终抱有成为火影的伟大理想。成为忍者后，在学习和任务的磨砺下，鸣人不断修炼变强并贯彻自身的忍道，终于获得人们认可，并实现了世界和平梦和火影梦。在实现梦想的过程中，鸣人遭遇了各种各样的挑战，也向观众不断展示着忍者世界的规则。可以说，提前设置的庞大世界观为鸣人的成长和角色塑造提供了合理性基础，它在鸣人实现目标的过程中才得以逐渐展现全貌，这是良性循环和互相成就的。

《熊出没》大电影系列是典型的"现实＋虚构"的世界架构，每一部大电影中的主角们都会为了目标来到一个全新世界中，由此展开故事的演绎。以《熊出没·狂野大陆》（图 3-18）为例，换职业之后的光头强兴致勃勃地开展导游业务却生意惨淡，偶然的机会他得知在狂野大陆可以玩游戏获得百万奖金，于是他和发小元宝组成"宝强组合"进入狂野大陆。现实世界的狗熊岭依然是观众熟悉的环境设定，狂野大陆则是由人工智能技术开发的全新游乐世界项目。在这个虚拟世界中，人们可以通过手环变身为任意一种动物，游客可以自由组合成战队参与游戏并获得奖金。主角在剧中的目标分为两个阶段，第一阶段是奖金，第二阶段则是揭发这个人造大陆创造者隐藏的惊天阴谋。两个阶段的目标展开都和剧中世界观的设置息息相关。

图 3-18 《熊出没·狂野大陆》中的狂野大陆全貌

在第一阶段，百万奖金的获得一定不是简单的事情，参与者要通过各种考验和关卡，狂野大陆中设置的出其不意的环境要素以及参赛规则，符合第一阶段的目标需要，从而保证了“闯关”中的跌宕起伏。

在第二阶段，揭露阴谋的目标形成必须有内在动力，世界观系统中其实早就预留了矛盾的激发点，那就是基因编辑技术本身所隐藏的不稳定性。这个缺陷的存在，不仅让主角的目标从第一阶段合理过渡到第二阶段，同时揭示出乐天神秘的身份以及他与汤姆的矛盾所在，持续推进故事的发展。

世界观系统设置是一项复杂的工作，既要有逻辑顺畅的封闭空间基础，又要有小环境营造的细节，同时必须对剧情发展起到促进作用。大而不乱、粗细结合、富有内涵是世界观系统设置的基本要求；世界观系统设置和主角身份不相符、对目标的实现支撑不强、不能够满足主角的成长需求，这便是无用、多余和失败的。

第三节　动画世界观搭建的具体流程

正如前文所言，世界观的搭建是一项庞杂而细致、必须走在前面的工作。面对如此烦琐的要素，我们要如何下手？如何快速、清晰地理顺这一切？本节针对此问题，介绍一般创作情形下世界观搭建的具体流程。

一、确定基本信息

要搭建世界观，首先要做的是确定世界观的载体，也就是作品的题材或类型。比如要创作的是科幻类作品，显然需要建立一个以科幻为主导的世界观，在这个世界中什么力量在主导运行，是物质的还是超越物质的，有什么样的规则。

接着就要考虑时代和空间问题。这时，创作者会面对两种方式的选择。

一种是借助现有的某些体系，在此基础上进行改造和重构。比如故事发生在遥远的未来，太阳即将迎来新的裂变，太阳系中的星球将会遭遇严酷考验，地球上的生物面临灭绝的危机。人类将如何面对？故事将走向何方？这时创作者可以参考极具东方色彩的故事体系，也可以选择富含西方精神的故事体系。

另一种是构建一个全新的世界观，相较于前者，这种模式的难度直线上升，需要更全面的知识储备和想象力作为支撑。当然，全新架构也可以包含其他成熟体系的影子，这是一个更深度的重构过程。

二、构建自然环境

自然条件决定了一个区域的社会发展状况和水平，这点我们从世界四大古文明之中就可以直观感受到：中华文明与黄河、长江密切关联；古巴比伦文明起源于两河流域；尼罗河塑造了古埃及文明；印度文明则起源于印度河、恒河。再以更广阔的视野观察，世界上的海洋和内陆、山地和平原、冰川和雨林有所区别，宇宙中每颗星球的环境千差万别，多彩的自然环境成为缤纷社会形态的基础。

自然环境包括但不限于地理分布、气候、地形、水文、矿产，甚至还有重力、空气成分、魔法元素等。在理想状态下，每一个要素都应做到尽可能细致，这样后期创作才会水到渠成，不至于出现不合时宜的漏洞，从而影响全局的真实性。例如，故事发生地所处的大陆在世界中的位置如何，这块大陆上是否有山脉，与海洋的距离有多远，受此影响的气候条件如何，植被有何特征，矿藏分布如何等。

当然，对于很多剧本而言，故事中的世界较小，并不会涉及自然环境的方方面面。这时创作者可以重点对可能涉及的要素进行细化，其他次要元素可做简化处理，但前提是能够对要素需求进行全面评估。自然形态的设置往往被很多人忽略或简化处理，这样做的后果就是后期返工或者留下很多漏洞，这是对故事的不负责任，存在满盘皆输的风险。

三、构建基本社会形态

有了自然环境的基础后，再去构建社会形态的框架就有了依托，其中包括但不限于国家、领地、族群、派系，以及其中的各方政治、经济、军事等实力，还有社会文化、风俗、历史等。

与构建自然环境相匹配，社会形态的构建同样要根据剧情有所取舍和侧重。例如，《魁拔》是冒险题材作品，它的世界观很宏大，以满足其漫长的冒险历程需要，这样在设置基本社会形态时，故事就会更侧重于在每个地方遇到的各具特色的妖侠等角色，而政治、经济等方面则不会那么重要。假如制作如《秦时明月》般关于征战讨伐、权谋纷争、侠士门派、诸子百家等具有一定历史背景的题材，对于其政治、经济、军事、文化等的设置就要细致入微（图 3-19）。

图 3-19 《秦时明月之诸子百家》

还有很重要的一点是，一定要注意时代背景和自然条件对物种和文化样貌的影响。比如，在典型的东方世界观之下，若角色出现了白色或黑色人种，而没有相关背景支撑，那一定是突兀的；若在种族的设置中有专门的细节说明，则会显得顺理成章。宫崎骏有多部作品改编自西方世界小说，但他在处理时巧妙地将其世界观架空，模糊了东西方之间的界限，因此，在其作品中经常出现东西方面孔交融的情况，但我们在观看时并无不妥之感，其创作的严谨性可见一斑，如《哈尔的移动城堡》（图 3-20）。再如，时代背景设置于未来的乌托邦之地，科技感的、工业风的赛博朋克式文化样态就要比亭台楼阁、绿树红花、雾气缥缈的气氛更加适合。

图 3-20 《哈尔的移动城堡》

四、细化各利益主体关系

有了前面几步的基础之后，要进一步理顺其中各国、各区域、各族群、各势力、各门派、各家族等之间可能存在的利益纷争，并给出符合逻辑的理由，最好是将它们的过去和未来都展示清晰，若有必要，可以采用编年体方式编写。

构思合理化和细节化是这一阶段必须掌握的原则。例如，两个部族之间长期征战，创作者就要给出具体的原因，是为了争夺土地、矿藏、关键城池，还是关系到部族安危的神圣之物，这时利益纷争的设置就要和前面几步中设置的世界布局相匹配。再如，两家人之间看似没有交集，却亲如一家，这背后一定有合理的缘由，或是祖辈间的一段主仆佳话，或是因某人、某物、某事结缘，总之，必须给出既合理又有细节的支撑理由。

《伍六七》中失去记忆的伍六七在小鸡岛上做发型师，却有一身刺客的本领，这与被他忘记的神秘身世直接相关，而这些记忆又牵扯出背后各势力之间的纠葛，于是寻找记忆成为作品最重要的发展主线，这需要提前设置合理、丰满的细节。

在《白蛇：缘起》中，小白也失去了记忆，在寻找记忆的过程中，各势力的关系图谱不断清晰，人族统治阶级、捕蛇村、蛇族、宝青坊等一一浮现。捕蛇村为服务统治阶级而捕蛇、捕蛇行为招致蛇族对人的仇恨、宝青坊为各妖族打造法器，各种纠葛为主角小白和阿宣的相遇、相知、相爱、遭遇磨难、再相聚等铺平了道路。

在这一步中，还要明确各方势力的首领，以及手下的代表角色，并梳理他们的关系和性格。在《白蛇：缘起》中，人族统治阶级的首领为国师，其手下是阴柔狡诈的蒙面道士；蛇族统治者是蛇母，其手下有技艺高超的小白、性格直率的小青、勇猛无脑的常盘；捕蛇村中最特别的存在是热心的阿宣；宝青坊主是狡诈多变的狐狸，她打造的珠钗成为贯穿剧情的核心道具（图 3-21）。要特别注意，对于珠钗这种重要道具，创作者要花费足够的精力规划清晰，包括其功能、来龙去脉、结局等信息。

图 3-21 《白蛇：缘起》中珠钗成为引导全片不断向前推进的核心道具

五、细化角色关系

前面四步完成之后，故事世界观的设置已经比较清晰。在第五步，创作者需要从微观层面进一步整理角色性格和境遇的关系、各角色之间的关系，同时要将角色的身世构建清晰，并一起写入人物小传中（具体写法将在下一章中详细介绍）。

有了以上工作的支撑，故事的呈现就可以顺利地开展。当然，以上的方式方法并不是一成不变的，可以根据个人的习惯进行调整。比如，有的创作者会从角色出发回溯世界观，有的创作者则会根据故事进行反推和扩展。无论采用何种方式，世界观搭建中的所有环节都是必不可少的。

必须明确的一点是，世界观系统的设置是复杂的但又是一体的，每一步中的信息在确定后就不能随意更改，否则将会造成牵一发而动全身的后果。

思考与练习

1. 选择熟悉的动画作品，分析其动画世界观系统的构建原则。
2. 以反推的方式，尝试还原一部动画作品的世界观搭建流程。

第四章 动画角色

本章知识点

- 角色的配置。
- 为角色赋予性格。
- 主角。
- 配角。
- 反派（对手）。
- 台词（对白）。
- 道具。

学习目标

- 了解动画剧本中的角色配置原则。
- 掌握角色小传的写作方法。
- 熟悉为角色赋予性格的方法。
- 掌握不同类型角色的塑造原则。
- 了解基本的台词写作要求和技巧。

在动画作品中，故事情节和角色塑造往往被视为最核心的任务，对于商业动画而言，成功的角色塑造更是至关重要。能够被观众记住的角色具有天然的衍生开发优势，这对于以产业化发展为目标的动画而言至关重要。

第一节　角色的配置

一、角色类型分布

一个故事中会出现众多角色，这些角色应该如何分类，每个或每类角色的作用是什么，他们应该在什么地方出现，这些都是创作者在规划角色时应该考虑的问题。

一般而言，根据角色的出场频率和重要性，角色可以分为主要角色、次要角色、陪衬角色三大类；根据身份不同，角色又可以分为主人公、对手（反派）、幕后人、协助者、反派助手等；根据功能不同，角色又可分为主导角色、催化者、插科打诨者、对比性角色、平衡角色、“心声”角色、编剧视点角色、观众视点角色等。不同类型和题材的作品角色构成会有所区别，需要具体作品具体分析。

以动画中最常见的冒险题材作品为例，除了主人公之外，还会有对手、正面角色群（如伙伴、朋友、导师等）、反面角色群（如同伙、手下、幕后操纵者等）、其他陪衬性角色等。例如，在《西游记之大圣归来》中，主人公是孙悟空；对手是混沌妖王；正面角色群包括精神导师江流儿、伙伴猪八戒和白龙；反面角色群包括女山妖、男山妖；其他陪衬角色有行脚僧法明、五行山山神、小女孩、土地公等。在《功夫熊猫》中，主人公是阿宝；对手是太郎；正面角色群包括智者乌龟仙人、师父浣熊、同门功夫五侠（图 4-1）、鸭子爸爸；其他陪衬角色有报信鸭、犀牛守卫等。

图 4-1 《功夫熊猫》中阿宝的同门是各怀绝技的功夫五侠

凡是出现的角色都应在剧情中发挥应有的作用，对于没有实质性作用的角色，创作者要大胆舍弃。根据实际需要，一个角色可能兼具两种或两种以上的功能，如此可以避免因过多的角色出现导致整体的杂乱无章。

所有角色的设置都必须遵从“服务主角”的原则，正如《故事：材质、结构、风格和银幕剧作的原理》一书中的描述：“从本质上而言，是主人公创造了其他人物。其他所有人物之所以能在故事中出现，首先是因为他们与主人公的关系以及他们每一个人在帮助刻画主人公复杂性格维方面所起的作用。把影片的全体人物想象为太阳系，主人公就是太阳，配角就是环绕太阳的行星，小角色就是环绕行星的卫星——所有这一切都由位于中心的明星的引力固定在其各自的轨道上，他们每一个人都对其他人的性格潮汐起着推波助澜的作用。”①

角色设置流程如图 4-2 所示。

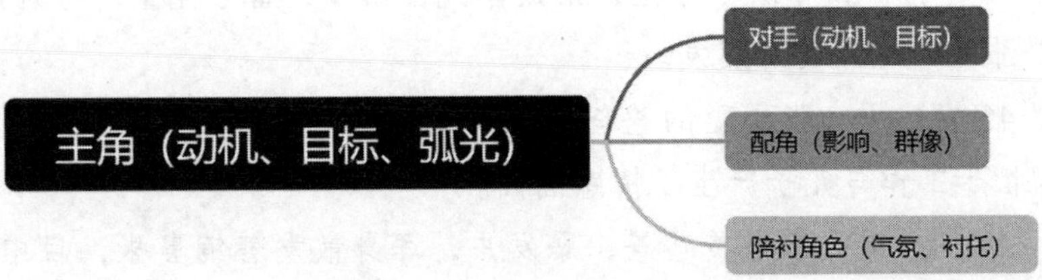

图 4-2　角色设置流程

因此，在剧本的写作实践中，创作者首先要确定的角色就是主人公。创作者要对主人公的行为动机、目标、角色弧光等做详细的规划，从而保证故事的可信度和吸引力。

之后，创作者就要考虑对手，确定对手的动机和目标。在一般情况下，对手不会有变化弧光，但创作者也会根据不同的主题和剧情需要做出调整，只是对手相对于主角要偏弱。

接下来，创作者就要考虑配角的问题。配角是构成剧本中社会群像的重要支撑，对主角变化和故事发展意义重大。

最后，创作者根据具体的故事发展加入必要的陪衬性角色，以保证故事的顺畅讲述和衬托主人公、对手等的威信、权力和地位等。

二、角色小传

把全剧的角色规划到位后，创作者需要为主要角色撰写小传，通常被称为“人物小传”。撰写小传是角色设定的重要组成部分，小传的撰写过程也是将世界观系统和

① 麦基．故事：材质、结构、风格和银幕剧作的原理［M］．周铁东，译．北京：中国电影出版社，2001：445.

故事情节进行连接，将角色类型分布具象化的过程。但在实际创作中，角色小传往往被忽略或简单处理，并没有发挥应有的作用，为后续工作埋下了隐患，这是不可取的，也是应该避免的。

角色小传不同于一般意义上的角色简介。角色小传的作用是让编剧能够对角色有全面的把握，并在后续的写作中作为参照；角色简介更多是为了在宣传中让观众了解角色概况的物料。

请看以下案例：

张小聪，10岁，男，四年级小学生，性格内敛，热爱科学发明，成绩优异，是老师和同学眼中的“小天才”。

李多美，10岁，女，四年级小学生，家境殷实，喜欢炫耀，学习优异，嫉妒张小聪，为达目的不择手段。

高兴，11岁，男，四年级小学生，活泼单纯，话多，留守儿童，与奶奶一起生活，成绩不佳，是张小聪唯一的好朋友。

张大聪，45岁，男，张小聪的爸爸，科技工作者，性格沉稳，是众人眼中的“神秘人物”，因忙于工作与儿子产生了情感隔阂。

李有财，38岁，男，李多美爸爸，暴发户，浑身散发着铜臭味，目中无人，但十分溺爱女儿。

此类角色介绍是观众在观看影视作品时常见的内容，通过这些介绍，观众可以大体地了解剧中角色的基本情况，但并不能获取更多的信息，因此，只能称其为简介而不是小传，可用于宣传却不能用于剧作。

当然，对于部分面向学龄前儿童的低幼向作品或面向高年龄段观众的作品中的陪衬性角色，由于角色性格都较为单一和固定，也可以采用类似的简略写法。不过，对于担负全剧发展重任，同时会有成长变化的重要角色，如此设定显然是不够的。

一个较为全面的角色小传一般分为前传和故事开始后两大部分。前传包含个人基本信息、社会关系、背景（前世）故事等，故事开始后则要展示角色在剧中要达到的目标和成长路径。

（一）前传

首先来看前传部分，虽然这些内容在剧本中并不会出现，或者只有部分展示，但前传包含了关于角色的诸多信息，这些信息都是在说明故事开场后角色登场状态的原因。比如，在剧集中，我们习惯于看到主角的成长和变化，开始时角色往往是不佳的状态，到故事结束时会达到另一个层次，从软弱到刚强、从失败到成功、从小人物到大英雄等都是常见的叙事模式。前传所要解决的问题就是解释清楚为何角色在开始时是如此的状态，同时为之后故事中角色的行为和处事方式找到原因。如果开始时角色是沉默寡言、受人欺负的弱者，造成这个结果的原因将会决定他最终成为强者的方式：若是家庭暴力造成的，那么改变的过程就是家暴解决的过程；若是出于某种目的的故意隐忍，那么角色一定会在完成目的后露出真面目……这些隐藏着的经历都是角色在故事中变化的关键，有了这些前传交代，创作者在构建故事架构时就会有方向。

在小传中具体写作要点如下。

第一，个人基本信息，包括名字、性别、年龄、身材、样貌、性格特点、职业等生物特征和基本社会形态，这些信息一定要符合角色的成长背景，同时是角色接下来在剧中成长、变化的基点。例如下文：

张小聪，男，10岁，四年级小学生，体型相对于同龄人偏矮、偏瘦，视力不佳，戴一副近视眼镜，性格内敛，不善于交际，内心善良，遗传了爸爸的高智商基因，成绩优异，课外喜欢钻研科学发明。

第二，社会关系，包括家人、恋人、对手、朋友、同事、同学等各种关系，以及他们之间形成的爱恨情仇。社会关系是塑造角色立体性格的重要元素，是推动故事发展的重要动力。例如下文：

张小聪的爸爸是科技工作者，平时工作很忙，十天半个月不回家是常态。因为爸爸在生活中缺乏与他的沟通，张小聪觉得爸爸并不爱自己，尤其每年期待的生日和家长见面会屡次遭遇爸爸爽约，导致二人关系更加紧张。妈妈是家庭主妇，将张小聪照顾得无微不至，在父子二人之间扮演调节者的角色。张小聪在学校中因成绩优异被同班的李多美视为眼中钉，李多美经常以各种理由制造事端影响他学习，并为了在科技创新展中拔得头筹，故意破坏张小聪的科技发明，张小聪敢怒不敢言。高兴是张小聪的同桌和他唯一的好朋友，李多美在欺负张小聪时高兴会坚定地站在张小聪一边。

实际上，角色们的关系是在小传写作中最需要花精力理顺的内容。当这些关系都清晰地展示出来后，编剧只需要安排好特殊的戏剧情景，然后让角色相遇之后的故事就可以顺理成章地在角色之间发展下去。在上面的案例中，主角张小聪与爸爸存在感情隔阂，与同学李多美存在紧张关系，当他们被聚集在同一个情境下共同面对一个问题时，就需要作出决定并同时解决彼此间的矛盾，如此一来就有“戏”了。如学校组织由爸爸参与的野外探险活动，张大聪在妻子的督促下难得地抽出时间陪同张小聪一起参与，并与李多美父女和落单的高兴分到一组，小组在探险中误入外星人在地球上的秘密基地。在这样特殊的情形之下，张小聪和爸爸、张小聪和李多美、张家父子和李家父女、高兴和两对家庭的别扭组合；沉默的、高傲的、逗乐的性格碰撞；不同行动能力对比等汇集一处，这些因人物关系引申出来的潜在要素，都为故事的发展做好了铺垫。

第三，背景（前世）故事。关于社会关系的撰写往往会涉及角色的前世故事，对于某些对角色性格、行为的形成起决定作用的事件、经历等，创作者可以在此部分继续展开更详细的描述，以更好地诠释剧本中角色的状态。

比如：张大聪从小就聪慧过人，在博士毕业后就进入了宇宙生命研究所，一直从事外星智慧生命的研究。这是一份高度机密的工作，不仅工作时间长，研究内容更关乎人类的生死存亡，所有研究者都必须具有极好的保密素养，否则就有可能引发无法预知的后果。本就沉稳的张大聪，工作久了之后话变得越发少，即使面对心爱的家人也很少流露自己的情感。

尤其要注意的是，对于有着较强 IP 属性的角色，其前世故事尤为重要。例如，以神话传说中的角色进行改编，无论改动到何种程度，一定要将该角色的前世故事陈述清晰，以为现代故事奠定基础。另外，对于有续集规划的故事，前世故事的规划将会起决定性作用。如《功夫熊猫》第一部中，阿宝的父亲竟是一只鸭子，这明显为后续剧情留下了悬念，也正是依靠这个悬念，影片维持了良好的热度，并在后续剧集中逐渐地揭开谜底，而这一定离不开影片最初规划时的前世故事。

以上三部分中的第一部分是第二部分、第三部分的结果，第二部分、第三部分决定了第一部分的状态，它们共同开启了即将发生的故事。

（二）故事开始后

该部分要聚焦剧本故事开始后角色的成长变化，不过，因为在故事梗概和后续写作中会有详尽的交代，所以角色小传并不需要写得太细致。重点给出成长目标，简明扼要地交代成长轨迹中的重要节点、人物关系的变化，帮助剧本写作不偏离方向即可。这里要特别注意重要节点的戏剧情景设计，这些节点往往处于故事转折的关键之处，同时也是角色性格的集中展示和变化之处，需要结合故事梗概进行细致且精准的设计。

第二节　为角色赋予性格

日常生活中，我们在评价一个人时，说得最多的除了外貌就是他的性格，性格是人内在品质的外化呈现，也最能显示人的基本素养，并会最终超越外貌成为评价的最核心指标。网络上流行的“好看的皮囊千篇一律，有趣的灵魂万里挑一”虽是调侃，但也是有力的诠释。

塑造角色性格是剧本创作的重中之重，要善于通过事件展示和塑造性格，同时要充分利用性格创造事件，二者结合，角色方可立得住，剧情也就行得通。

一、在性格缺陷中找故事

拥有丰富表演经验和深厚喜剧理论研究基础的陈佩斯在综艺节目《金牌喜剧班》

中点评演员表演时提出了“从性格里边找笑点，从事件里边生成笑点”的喜剧创作理念。这是陈氏“喜剧都有一个悲情内核”理论的一部分，也是他认为真正优秀的喜剧作品应该具备的核心要素。在这套喜剧理论中，陈佩斯将悲情定义为创造“笑行为”的行动线，是内驱力，将其融入每一部喜剧作品、每一组喜剧行动，甚至最简单的一个引发笑的动作。例如，生活中最简单的一个磕碰、一句结巴，都可能引发旁人的笑，表面看，引发笑的原因是这种行为本身是一个意外、一个倒霉事件，而深层次分析则是因为这种行为与大部分人的日常生活体验产生了错位。错位带来的是一个人的困境，困境之下的此人已经与周围的大众出现了“差势”，“差势”越强，这个内核的力量也就越大，迸发出的喜剧效果也就越强。该理论是对喜剧大师卓别林的“窘境”理论的进一步延伸，是对喜剧进行的普遍性总结，具有极高的理论深度。

以周星驰的喜剧作品为例，在他所塑造的经典作品中，绝大多数作品都围绕一个人的现实身份和理想追求之间所产生的错位展开，而这种错位则源于曾经的一个个悲剧，《喜剧之王》（图 4-3）有之，《九品芝麻官》有之，《功夫》更有之。也正是因为这种错位，观众会在观看中开怀大笑，但在笑之后又会怀疑这份荒诞的真实性，并试图去探寻错位和荒诞背后的故事。当谜底揭开，悲情内核显现，笑声收起悲从中来，那原来是每个人都曾经遇到的辛酸、无奈、迷茫、无助，但生活依然继续，错位依然在源源不断地出现，笑声依然，眼泪不止。

图 4-3 《喜剧之王》中尹天仇醉心于戏剧表演，一直想成为一名演员，但他的一腔热血换来的是毫无艺术生命力的龙套角色

当我们发现了观众的这个“秘密”，就可以针对性地进行共情设计，同时把这种可能产生戏剧效果的“残缺”融入角色的性格。正是因为一个角色有缺陷，所以在剧情的安排中就需要考虑这种缺陷性格下可能产生的行为，剧情的推动也就会依靠这些行为得以实现。在角色性格中找事件，在事件当中生成性格，是优质剧本的重要特征。让角色带着自己的缺陷性格去引出剧情内容，才是科学合理的剧本创作理念，这要比依靠各种巧合的堆砌，制造意想不到的剧情高明数倍。

角色性格的缺点来源主要有两个方面，一是源自本体的“人性”，二是源自外界的影响。

（一）人性

“人之初，性本善”是孟子提出的观点，同时也是中国传统文化所倡导的哲学观。实际上，除了这个更加偏向于正面的观点之外，荀子的“性本恶”代表了对人性的负面看法。不管如何，人生来就会自带性格缺点和优点，而要让一个人犯错就要从他的缺点入手，并且这个缺点一定是具有普适性的。犯错—修正—再犯错—再修正，如此一来，故事的产生也就有了基础。

《玩具总动员》（图 4-4）是一部典型的以人性弱点为驱动力的影片。主角胡迪是一个长期受到主人喜爱，拥有胜利者光环的玩具，当他的地位受到新来的巴斯光年挑战时，他的嫉妒心开始作祟。为了维护自己的地位，他频频与巴斯光年作对，并最终导致两人一起陷入危机。也正是有了这个危机，胡迪才认识到了朋友的意义和自己的错误，嫉妒心转化为塑造友谊的动力，两位主角最终迎来圆满结局。嫉妒是人的本性，是为了竞争一定的权益而产生的心理失衡，同动物世界中的领地意识、交配权争夺等原始的生存欲望相似。心怀嫉妒的人无法容忍别人比自己优秀，甚至看到他人正常的快乐生活也会感到愤怒，并使用各种手段去维护自己内心的平衡。《西西里的美丽传说》（图 4-5）中对美貌的嫉妒更让我们感受到人性的黑暗和杀伤力。

图 4-4 《玩具总动员》

图 4-5 《西西里的美丽传说》

《千与千寻》（图 4-6）将人性的贪婪刻画得入木三分。影片开始千寻一家在搬家的途中误入一神奇之地，父母对美食的贪婪导致他们被变成猪，千寻为了拯救父母不得不与汤婆婆签下合同，只有通过自己努力工作才能将父母变回人形。在这个神奇世界里存在一个潜规则：自己做的事，就要承担相应的后果，不控制自己的欲望就会受到应有的惩罚。千寻父母已以身犯险，汤屋里的青蛙等侍者们也因对金子的渴望而落入无脸男腹中。在经历了一系列事件后，千寻最终以天性的纯真屡屡化险为夷，并拯救了白龙和父母。关于贪欲的影片数量众多，《血色将至》（图 4-7）中因贪欲遭遇众叛亲离的石油大亨、《窃听风云》中因贪欲最终难逃杀戮的警察都是代表性角色。

图 4-6 《千与千寻》

图 4-7 《血色将至》

（二）外界影响

人是社会化的物种，在成长的过程中一定会受到外界的影响，这些外界影响会对最终的性格形成产生极大的作用，这也就是“性相近，习相远”的核心所在。

正如前文所讲，周星驰主演的电影中小角色拥有的大梦想，很多是因为角色在成长过程中的遭遇所致。《功夫》（图 4-8）中街头混混阿星之所以拥有加入黑帮当坏人的梦想，和自己童年时受到的欺辱有直接关系。藏身于猪笼城寨中的包租公、包租婆、苦力强等各路高手，每个人都有一段不可言说的过去。《少林足球》中明锋因二十年前的一场阴谋在比赛中断了右脚而名誉扫地，星和一众师兄弟的怀才不遇让他们拥有了情感共鸣的基础。

图 4-8 《功夫》

电影《温暖的抱抱》(图 4-9) 中主角鲍抱从一开始就表现出机械式的强迫症和洁癖特征，周围的人对他退避三舍，把他当怪物一样看待。鲍抱也不堪忍受自己的糟糕生活，并准备以自杀的方式离开这个世界，于是引发了后续的一系列剧情。鲍抱之所以有如此病症影片也给出了解释，父母的病态养育和突然离世给他留下深深的童年阴影和心灵创伤。这就是典型的受家庭影响而产生性格缺陷的案例，也正是因为这些缺陷，角色在整个故事中的行为才有了支撑点，并为之后的转变留下空间。

图 4-9 《温暖的抱抱》

《疯狂动物城》(图 4-10) 中的狐狸尼克是拥有丰满性格的角色，影片的开始他展现出狡猾、自私的性格，但在之后一系列事件中尼克逐渐将内心善良、热心、重义气的一面展现出来。电影也解释了尼克之所以成为狡猾的投机者，是因为迎合了人们对狐狸一贯的偏见，他也只是在受到无数次伤害后无奈地"破罐子破摔"。当外界环境发生变化，角色内在的优秀品质也有希望被再次激发。

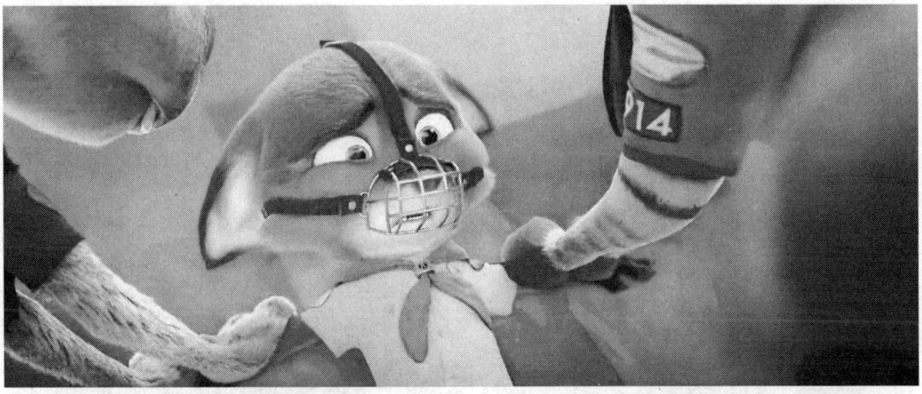

图 4–10 《疯狂动物城》中狐狸尼克童年的不愉快经历彻底改变了他的命运

二、圆整型角色与扁平化角色

图 4–11　爱德华·摩根·福斯特

圆整型角色和扁平化角色也称为“圆形人物”和“扁平人物”，是20世纪20年代由英国小说家爱德华·摩根·福斯特（图 4–11）在《小说面面观》一书中针对人物创作提出的概念。他认为，圆形人物具有多方面的复杂性格，更真实，给人新奇感而且令人信服。扁平人物则是按一个简单的特性或意念创造出来的，只具备一种“气质”，可简单地用一个句子表达出来的“性格人物”“类型人物”“漫画人物”。虽然人们对以上观点褒贬不一，但其仍被主流创作界所认可，成为小说创作的经典指导理论，并延展到剧本创作中。

圆整型角色一般会具有比较稳定的性格轴心，同时又具有不同的性格侧面，可以更好地表现人物的复杂性和多面性，主要角色通常被塑造为圆整型角色。此类角色的塑造与剧中不断变化的环境和矛盾息息相关，是动态的和发展的。一部作品中的圆整型角色有限，也是花费时间最多的。例如，在《哪吒之魔童降世》（图 4–12）中，哪吒和敖丙都是典型的圆整型角色。哪吒具备桀骜不驯和内心善良的双面性格，整个故事中他都在围绕双面性格展开自己与世界的恩怨纠葛，终在父母的情感感召下勇敢地和命运搏斗。敖丙承袭了灵珠的灵性，自幼便被教育要为拯救龙族而努力，甚至为了掩盖龙族复兴的真相，一度打算埋葬陈塘关。但他最终幡然醒悟，完成了剧情逆转，也完成了从接受命运到掌握命运的自我成长。

图 4–12 《哪吒之魔童降世》

扁平化角色性格较为单薄、突出、鲜明，会将其性格中的某一点特别放大，其他性格被压制或吸收，往往在整部作品中都不会有明显的变化：好人就好得纯粹；坏人就坏得透彻。不过，虽然扁平化角色看似边缘，实则在故事讲述中发挥着不可替代的作用。福斯特指出，扁平人物具备两大优点：一是易于识别，二是易于记忆。他进一步解释道："我们大家都在追求永恒的东西，即使阅历很深的人也如此，在一般人看来，这也是艺术创作的主要原因。我们都希望看到经久不衰的、人物始终如一的作品，以作为逃避现实的寄托，这就是扁平人物受到青睐的原因。"① 这也就很容易理解那些黄金配角也可以圈粉无数，各大电影节总会设置最佳男 / 女配角奖项了。例如，在《火影忍者》中，李洛克是典型的扁平化角色，他天生资质不佳，不会忍术和幻术，但拥有成为优秀忍者的热血和坚持不懈的精神。他始终认为，只要通过坚持训练，一定可以勤能补拙，这种从始至终的不服输精神给观众留下深刻印象。

在剧作中，圆整型角色和扁平化角色并没有严格的界定标准，不同类型的故事会存在一定的差异，如家庭剧故事中圆整型角色会因为要表现复杂的剧情和人物关系，在情感、道德、价值观等方面呈现得更具多样性；在动作片中，圆整型角色可能会表现得更加直接和简单化。

一般而言，创作者会将圆整型角色和扁平化角色混合使用。如在复杂的剧情中，需要扁平化角色作为主角的陪衬或对手，以突出主角的特点或情感。在简单的剧情中，也可能需要一个圆整型角色来增加剧情的复杂性和深度。

① 福斯特．小说面面观［M］．苏炳文，译．广州：花城出版社，1984：61.

第三节　主角

主要角色关乎影片的成败，也是编剧需要在剧本中花费最大力气刻画的部分。要将主角写得生动、饱满，并引发观众的情感认同，创作者必须清楚主角应该拥有的特质。

一、主角的目标一定是清晰的且能引起观众兴趣的

在剧本中，主角的目标应该是明确的、具体的、可实现的。这个目标应该与剧情紧密相关，并且能够引起观众的兴趣。主角为实现目标而展开的行动和决策应该具有合理性和连贯性，这样才能让观众理解和接受。同时，主角的目标也应该具有一定的挑战性，需要克服一些困难才能实现，这样可以增强剧情的紧张感和吸引力。

一般而言，主角的目标和剧情导向是统一的，有了剧情之后，主角的导向就显而易见了。例如：

想写一个关于人类和外星人战斗的故事，主角的目标就是打败外星人。之所以要打败外星人，有可能是为了保护地球、人类，也有可能是为了实现英雄梦。

想写一个寻宝的故事，主角的目标是找到宝物。寻宝的目的可以是得到巨额财富，也可以是得到某项超级技能，还可以是拯救某个人。

想写一个荒岛求生的故事，主角的目标大概率是生存下来并离开荒岛。主角在荒岛上会遇到前所未有的挑战，有可能会遇到一个或一群同样落难的人，也有可能爱上了荒岛。

从以上例子我们可以很清晰地看出，只要故事主线是清晰的，我们就可以很容易地为主角设定目标，并可以设置不同的动机。

当然，人类的故事讲述了几千年，总会形成相同或相似的故事群。所谓类型也好，模式也罢，主角们也有很多经典目标可供我们在写作时参考。以下列举几个动画作品中常见的主角目标。

第一，守护与拯救。可以说，守护与拯救几乎成为动画创作的“万金油”。无论是偏低幼的各类小英雄，还是合家欢式各类“总动员”，抑或是青年向的科幻、玄幻等题材，都十分适用。

第二，寻找真相（答案）。这类目标最多出现于冒险类作品中，主角为了得到某样东西、为了解开某个谜团、为了帮家人（朋友）复仇、为了查明自己的身世、为了找回自己的记忆等，不断地寻找线索并迎接各种挑战，前方的未知可以很好地将观众情绪与主角命运相联结。

第三，成为强者。动画的幻想特质决定了其可以更好地去表现人类对获取力量和实现自我超越的渴望。无论是资质平平的普通人想成为顶级王者，还是身为“小透明”想获取“女神”的芳心，变强总是最直接的目标。这种“莫欺少年穷”的设定，也成了网络动画中最常用的创作手段。

第四，打破规则。这类故事强调主角因为某些原因而要改变现有秩序，在达到这一目标的过程中一定会遭遇旧秩序拥护者的打压，主角要通过不断地挑战权威、规则、禁忌，最终实现目标和愿景。为了让这一目标具备合理性，给出的原因一定是符合故事世界观并令观众信服的。

宫崎骏的很多作品都讲述了关于守护与拯救的故事。以《幽灵公主》(图 4-13）为例，一只受了诅咒的野猪神破坏了村庄，面对危机阿席达卡选择挺身而出守护村庄，他打死了野猪神但自己也受到了诅咒。这是故事的开端，也是主角守护和拯救的开始。

图 4-13 《幽灵公主》

在去西方寻找解救之法的路上，阿席达卡救下两名矿工并遇到了由白狼养大的女孩珊。对他人的拯救进一步塑造了主角善良的性格，同时为下一次拯救埋下伏笔。

主角阿席达卡发现，野猪神变为邪魔的原因是艾伯西为了在森林中开矿而用火枪射击了作为守护者的它，野猪神因仇恨而化为邪魔。代表动物利益的女孩珊袭击矿厂，但因敌众我寡陷入困境，阿席达卡为救珊而中弹。主角又一次拯救他人，并变为需要被拯救的对象。

珊被阿席达卡的真诚和勇敢感动，决定带他去森林中寻找山兽神为他医治，山兽神救活了阿席达卡。主角被拯救，他完成了影片最初设定的拯救自己的目标，但同时又一次确立了新的拯救目标。

珊为了守护森林家园和山兽神，联合野猪群与艾伯西进行战斗。为了帮助珊和拯救山兽神，阿席达卡又加入了战斗，并完成了目标。至此，故事在主角不断实现守护和拯救的目标中完成了叙述，影片结尾阿席达卡和珊选择了不同的守护地点，进一步升华了主题。

二、主角的行为一定是主动的且能自己解决终极问题

在剧本中，主角通常是推动剧情发展的核心人物。他们的行为应该是主动的，而不是被动的。换言之，剧情推动是依靠主角的主观能动性驱使才得以实现的。主角的主动性不仅表现在外部行为上，也应该表现在内心世界中。他们应该有独立思考、自主决策的能力，而不是被外界因素所左右。通过主角的主动行为，观众能够感受到角色的力量和决心，从而更好地投入剧情中。

宫崎吾朗的《地海传说》（图 4-14）被批评的重要原因之一就在于主角的塑造缺乏主动性。男一号亚刃虽然被赋予了类似于约瑟夫·坎贝尔笔下的英雄模型，并“勇敢地出发”进入世界。但他从一开始就离奇地处于混沌状态，在整个剧情中的主动行为更是只有三次。除此之外，他要么因被黑暗侵蚀无法自控，要么受他人“说教”而轻易改变，俨然被塑造成莫名其妙的“傀儡”。英雄自我发现的心路历程严重缺失，更未“寻求获得心理上的完整”。男二号雀鹰虽然有着寻找世界失衡原因的主观目的，但在遇到亚刃之后就开始被他的事情“牵着鼻子走”，加之以大法师身份的反复絮叨和不相称的能力呈现，外强中干的意味十分明显。两位主角在影片中都失去了太多主观能动性，也失去了“自我”，甚至不能称为真正意义上的主角。

图 4-14 《地海传说》中的亚刃（右）和雀鹰（左）

除了主动之外，主角一定要有足够的实力去解决核心问题。如果做不到这一点，故事的高潮将会大打折扣，观众的共鸣感也会变弱。这意味着主角必须具备一定的能力、技能或智慧，能够在关键时刻解决问题。这种实力可以是身体上的、智力上的、情感上的或者其他方面的。例如，在电影《阿甘正传》中，阿甘虽然智力有限，但他

图 4–15 樱木花道（右）是《灌篮高手》中的灵魂人物

具有坚韧不拔的精神，能够在关键时刻发挥出惊人的力量。《肖申克的救赎》中，主角安迪虽然身处监狱，但是他凭借自己的智慧和勇气，成功地逃脱了监狱的束缚，最终获得了自由。《灌篮高手》中的樱木花道（图 4–15）本是对篮球一无所知的门外汉且没有过人的天赋，但凭借其乐观的性格、自信的心态、持续努力的训练与总结，他完成了卓越的成长，在关键时刻发挥出不可替代的作用，具有独特的主角魅力。

三、主角一定要有“人物弧光”

“弧光”是物理学上的概念，指电弧发出的光。“人物弧光”借用了弧光所具有的变化性形态，用以指代角色在故事中的成长和变化。人物弧光的表现形式可以是多种多样的，如主角的性格、价值观、行为方式等方面的变化，或者是在面对困难和挑战时所展现出来的勇气、智慧和坚韧不拔的精神。人物弧光的作用不仅在于让观众更加深入地了解主角，也可以增强故事的复杂性，更加引人入胜，让观众能更好地理解和接受故事的主题和意义。

角色的弧光塑造必须符合人物的内在逻辑，也就是角色的变化是有充分的、可信的理由。这就需要在剧情设计上做出合理的安排和设计，毕竟“江山易改，本性难移”，角色要发生改变一定是受到了足够的触动。为主角设计一个与环境格格不入的价值观或者性格是常用的手段。比如，主角是一个胆小懦弱的人，他的处世哲学就是只要让自己成为“小透明”就不会惹祸上身。有一天他因为某些原因不得已来到新的环境，在这里他原本“事不关己，高高挂起”的处世方式遭到严重冲击，甚至开始影响他的生存问题。在这个时候，我们就可以根据冲击的程度设定人物弧光的大小。

人物弧光可以是正面的也可以是负面的，这取决于对角色的设定。正面的弧光下主角会在经历冲击后“痛改前非”，改变原有的消极态度和价值观，开始积极地面对生活，成为贡献正能量的人。创作者也可以让角色进一步深化原有的优秀品质，以更加坚定的态度面对一切。动画作品中大部分主角都是正面的，如在《大鱼海棠》中，女主角椿（图 4–16）是一个天真烂漫、对人类世界充满好奇、有点任性的少女。然而，她秘密饲养人类少年灵魂的事引发了一连串的灾难。在经历种种挫折和磨难后，椿逐渐成长为一名勇敢、有担当的女性，最终为挽救自己所爱的人和族人付出巨大的代价，也展现出正面的人物弧光。

图 4-16 《大鱼海棠》女主角椿

负面弧光一般用来表现暗黑的主角。这些主角在刚开始时处于较为正面的状态，比如天真、单纯等，但在遭遇变故后会在心理上发生极度反转，开始以极端的方式进行报复或处理事情。如《进击的巨人》中的艾伦开始是一个纯朴无邪的男孩，但在经历了母亲被巨人吃掉、好朋友是杀害家人的凶手等一系列冲击，并发现自己无法改变这一切后开始“黑化”，使用残酷的手段去达到自己的目的，甚至不惜牺牲亲人与朋友。《反叛的鲁路修》中作为帝国皇子的鲁路修（图 4-17），在遭遇了母亲被害、妹妹失明并双腿瘫痪、当质子期间父王肆意发动战争等伤害后，不惜化身为恶魔，开始了对帝国的反叛计划。

图 4-17 《反叛的鲁路修》主角鲁路修

在实际的剧作中，负面弧光更多与正面弧光相结合使用。主角往往在开始遭遇冲击后变得阴暗、负面，但又会在经历一些事后重新积极起来，并变得更加成熟和强大。这种欲扬先抑的方式可以让剧情更具张力和曲折，角色塑造也更加丰满。

四、特殊的主角

以上所列举的都是一般情况下的主角特质，但动画作品类型各异、故事万千，总会存在特殊的主角。如有一类很不符合主角气质的“废柴”主角，他们往往懒惰又胆小怕事，在整部作品中完全没有发生质的改变，也没有能力去解决出现的问题，甚至成为麻烦制造者，或以被迫的心态参与故事，更多的是扮演着搞笑者的角色。《哆啦 A 梦》（图 4-18）中的大雄是“废柴”主角的代表，他虽然心地善良、有同情心，但生性怯弱、没理想、没斗志、丢三落四，和传统意义上的男主角相去甚远。尤其是近些年，这类角色契合了青年亚文化中以“草食系男生”为代表的男性柔弱化风潮，甚至一度成为日本动画番剧的“宠儿”，尤其在以轻小说改编的动画作品中曝光率较高。

图 4-18 《哆啦 A 梦》中的主角大雄和哆啦 A 梦

以此类特殊角色为主角的作品，往往会采用增加其他角色戏份的方式弥补因主角不足留下的叙事空当，并形成互相支撑的剧情发展格局。仍以《哆啦 A 梦》为例，虽然大雄“无用”，但哆啦 A 梦会帮他解决所有的麻烦，在搭配捆绑原则下两人循着“制造问题—解决问题—再制造问题—再解决问题”的叙事逻辑，主角大雄的怯懦设定反而达到了“以退为进”的良好效果。

第四节　配角

在一部作品中担当叙事大任的，除了一两个主角外，还有一定数量的配角。配角的具体功能有透露信息、推动剧情、增强趣味性、复杂化人际关系、增强戏剧冲突、平衡故事设定等，尤其重要的是，主角不能做或做不到的事都可以由配角来完成，起到烘托主角、塑造主角个性的作用。

一、配角的分类

剧本并不是对所有配角都要给予同样的笔墨，事实上，每个配角发挥的作用会有所不同。依据功能的不同和性格展现的多寡，可以将配角分为三大类。

第一类，龙套角色（功能性角色）。我们经常会在自媒体上看到一些博主在横店影视城当群演的日常，对于他们而言，能够接到有一句台词的角色都不是一件容易的事，更多的时候他们作为背景人物存在。实际上，无论是没台词的角色，还是有极少台词的角色，都是龙套角色，他们通过有限的动作、反应等在剧情中一闪而过，可能就是带来一个信息、衔接一个情节点，抑或烘托一下主角的魅力，之后会迅速消失，不会给观众留下任何印象。

第二类，扁平化角色。扁平化角色比龙套角色多了一些戏份，有多次剧情任务，能够展示某方面的性格。正如前文所言，扁平化角色可以通过忽略其他性格，放大某类性格而塑造经典。提到《冰河世纪》系列作品，给观众留下最深刻印象的不一定是主角团的动物们，反而是每部作品出场时间仅有数分钟的松鼠。它每一次的出场都在疯狂地追逐一颗看得见、摸得着，却永远也吃不到的橡果。每当它即将成功之时，总会有意想不到的事情发生，并主导了接下来的剧情发展。创作者将这只松鼠的执着甚至有点轴的性格发挥到极致，也正是如此，松鼠（图 4-19）成为动画史上经典的角色之一。在大型连续剧中，此类配角的塑造往往会比较精彩，如大家耳熟能详的由“四大名著”改编的作品，以及《还珠格格》《甄嬛传》《父母爱情》等经典作品，之所以里面的角色能够被记住，就是因为每一个角色的性格都有可被记忆的点。

第三类，圆整型角色。这类配角有向主角发展的潜力，但会被限定在一定的范围内，也是在实际的写作中最不容易把握的角色，控制不当就有抢主角风头的可能。如《天龙八部》（图 4-20）的原著中真正的男一号是段誉，主线故事是他从开始的武功小白不断成长为高手。但从小说改编成电视剧后观众的反馈来看，大家更喜欢萧峰这样一个从开始就武功高强，且敢爱敢恨、大仁大义的大侠形象。相比之下，作为男一号的段誉往往只会“动口不动手”，即使后来学会了凌波微步和北冥神功也时常失灵，加之其用情不专一，俨然一个浪荡公子，与大众认为的侠士相去甚远。但这并不是说像段誉这种设定的人物本身不具备作为男一号的特质，实际上《鹿鼎记》中的韦小宝正是此类人物。只不过在《天龙八部》中萧峰的个人魅力过于强大，具备了太多作为头号主角的实力，从而抢了段誉的风头。因此，在一般情况下，为了控制圆整型配角的体量和影响力，创作者会使用强化其复杂性格中某一种性格的方法，即塑造一个主性格，并尽可能注意在故事语境下的主次。

图 4-19 《冰河世纪》中的松鼠

图 4-20 《天龙八部》

二、配角的设置与安排

配角的光环虽然没有主角的光环耀眼，但配角是一部剧的“大多数”，安排得当与否直接关系到全剧的水准。面对庞杂的配角系统，创作者更需要掌握一定的规律和写作技巧。

（一）根据主角安排配角目标

要让配角出彩，就要为其安排合理的目标。当然，并不是所有的配角都需要目标，如龙套角色就完全可以忽略，但如果配角戏份颇重，有目标会更便于为他们安排戏份与表演。实际上，观众也不会在意一班配角的目标，主角的目标才是他们最关注的。基于这一点，为配角设置目标时就需要以主角为中心，由主角引出配角任务，由任务安排配角目标。比如，想要主角痛改前非，就要安排配角点醒他；想要主角勇敢出发，就安排配角逼迫他；想要主角沉沦，就让配角拉他下水。配角可以影响到主角，是配角存在的意义。

以《雄狮少年》为例，主角阿娟对舞狮抱有热忱，成为狮王并证明自己的价值是他的最大愿望，其他配角也都是为实现这一最终目标而设置的。首先是舞狮少女阿娟，她是刺激主角阿娟从怯懦的舞狮观众到付诸行动的舞狮强者的最直接角色。她有着优秀的舞狮技能和优厚的家庭条件，但舞狮之路遭到家人的反对，作品中她身边的男性朋友虽然只有寥寥几个镜头，却显示出对舞狮的毫无兴趣。因此，少女阿娟虽然表面上比主角阿娟的物质条件高出一截，但在梦想和精神层面十分一致。其次是主角阿娟的两名伙伴——阿猫和阿狗，虽然分别是出于“见到好看的女孩子”和“参赛管饭”的原因才与阿娟组成了舞狮队，但也在经历欺辱之后想通过舞狮证明自己不是废物。最后是师傅和师娘，虽然为了现实的生存他们将舞狮梦埋在心底，但舞狮梦已经融入其血液里。这些配角虽然都有各自面临的现实困难，但都怀有一颗对舞狮真挚的心。最终打擂的成功不仅是阿娟一人的成功，也是他们集体的成功。

（二）明确配角数量和角色定位

一部作品中的配角数量并不是越多越好，创作者需要根据类型、情节复杂度和故事风格等因素来确定。在悬疑故事、校园故事、探险故事中，围绕主角的重要配角一般会设置两三个；以音乐、运动、战斗等团队集体行动题材为设定的故事中，一般会设置四至八个主要配角，个别多的也会有十个甚至以上；在大型史诗题材、战争题材作品中，剧情需要更多具备不同技能的配角，甚至会有多个阵营或势力，这时候就需要更加细致地规划角色数量和关系，以避免观众的混淆。在动画史上，有很多经典的角色组合，如《刀剑神域》的桐人和亚丝娜二人组、《精灵宝可梦》的火箭队三人组（图 4-21）、《幽游白书》的四人组、《青蛙军曹》的军曹小队五人组、《黑子的篮球》的奇迹的世代六人组、《八犬传：东方八犬异闻》的八犬士、《网球王子》的青春学园九人团、《Love Live! 校园偶像计划》的十人团等，可以为我们在剧本创作中的配角设置提供直接的参考。

图 4-21 《精灵宝可梦》的火箭队三人组是经典的配角组合

每个角色的出现都需要有明确的定位，包括他们的性格特点、行为动机、背景故事等，以更好地为主角提供支持和衬托。《千与千寻》中的锅炉爷爷是一个体型庞大、有着多只手的配角，他展现了社会底层劳动人民从事繁重劳动的生存状态。他心地善良，给予了千寻必要的帮助，显示出残酷社会中温情的一面。另外，对于重要的配角，还应让他们有自己的故事线和成长历程，以塑造出具有个性化和真实感的形象，为故事增加复杂性和深度。对于有系列化规划的作品，更应该在重要配角中设置有可挖掘空间的品格，《神偷奶爸》中的小黄人就是此方面的典型代表。

（三）合理安排配角戏份出现的位置

角色塑造最终要放在具体的表演情节中，这就需要通盘考虑每一个情境中放置什么角色，以及这些角色的状态是什么。很多时候，配角的塑造并不需要拿出专门的一场戏去表现，可以在描写主角的戏中巧妙穿插，既可以带出配角又不至于影响到主角的展示。在周星驰主演的喜剧电影中，如花是极为经典的配角。之所以如花如此深入人心，关键就在于如花在合适的时间出现在合适的位置。当我们回忆如花在不同作品中的出场，会发现出其不意的反差感是其制胜的法宝。再如《海绵宝宝》中的黄金配角派大星（图 4-22）看似头脑简单且整日制造麻烦，但总会在关键时刻想出“绝妙”的点子，并说出众多富含哲理的台词。最为关键的是，他的存在让海绵宝宝的人设得以成立，成为共同支撑起作品氛围的灵魂人物。

图 4-22 《海绵宝宝》的派大星（中）

第五节　反派（对手）

反派是配角中比较特殊的一类，因为他或他们在剧中站在了主角的对立面，是阻碍主角达成目标的主要力量，所以成为衡量主角目标达成度的重要标准，是主角之外最受关注的配角。

一、反派不一定是坏人

需要强调的是，我们并不能简单地将反派归结为坏人，“正”与“反”仅仅是与主角的相对关系。主角一般代表了正面价值，反派多以负面形象出现，但世间没有无缘无故的爱，也没有无缘无故的恨，反派之所以代表负面价值一定有其原因，而对原因诠释得到位与否则关系到反派塑造的水平。

例如，《千与千寻》中的汤婆婆之所以讨厌人类是因为人类对自然的无节制破坏和索取；《斩・赤红之瞳》中的赛琉・尤比基塔斯杀死自己的恩师和爱人是因为在童年时期遭遇了严重的心理创伤；《银河护卫队》中的火箭浣熊原本是一个被遗弃的实验品，为了生存而不得不走上犯罪道路。当然，在低幼向作品中的反派往往不会给出很明确的原因，比如《汪汪队立大功》中经常捣乱的韩丁那市长（图 4-23）每次出现都是麻烦制造者，至于他的背景，作品中也仅是明确他是雾地市的市长，再无其他信息。不过即使如此，从剧情中我们也能够看出他是一位一直被忽略和被冒险湾压制的“失败者”，从而造成了他走向“越是失败越是渴望胜利”的极端。从这个角度去观察低幼动画作品中的反派，往往就能够理解其中的逻辑。因此，在实际的剧本创作中，对于反派的塑造要学会模糊处理其“好”与“坏”，富有内涵和成长背景的反派会比为暗黑而暗黑的角色更具可看性，也更具真实感。

图 4–23 《汪汪队立大功》中的韩丁那市长

二、独特的人格魅力

在绝大多数的影视作品中，反派周围一定会围绕着一群同谋者，难道这些同伙或手下与其“同流合污”是被逼迫的吗？当然不是，共同的利益才是他们能够走到一起的核心，这里的共同利益是包括金钱、权力等在内的复合体。但从观众的角度看，仅演绎其共同利益的部分显然是单调且缺乏吸引力的，更重要的是，让观众看到反派身上所具有的独特人格魅力。一定是他所具备的某项或某些优点，让他能够应对各种事件并与主角一起完成最终的对峙，甚至有些反派拥有超乎寻常的决心。在网络中有人总结：现在动漫中的反派需要“外貌独特、实力逆天、智商超群这三种天赋起码占一样，还要有理想有追求——少女动漫的反派要嫁高富帅，少年动漫的反派要做天下第一”。虽然其中有调侃的成分，但也一针见血地指出了反派人格魅力的重要性。

《狂飙》中的大反派高启强之所以能够得到观众的一致认可，甚至风头远超正面人物，原因就在于角色本身具有的独特人格魅力。首先，他有着曲折的人生经历，童年悲惨，父母早逝，过早地承担起家庭重任，前半生都活在社会底层。社会的“毒打”塑造了他异常的忍耐力和在艰苦环境下生存的各项“暗黑”技能，这些技能让他尝到了“甜头”并助他从被人任意欺辱一路逆袭为黑帮老大。这种草根逆袭和“莫欺少年穷”的故事备受观众期待，尤其契合了互联网世界中“爽剧”的底层逻辑。其次，他对家人和下属都以真情相待，对弟弟妹妹关怀无微不至、对妻子专一、对下属大方厚道，正是这种“护犊子”的品行，让观众看到了一个黑帮老大的温情，甚至能够在情感上去“理解”他所做的坏事。

三、生活的代入感

假如独特的人格魅力满足了观众对“完美人设”的幻想，角色身上的生活特质能够让观众看到自己熟悉的影子，这是赋予角色真实感的必备特质。《借东西的小人阿莉埃蒂》中的女佣阿春（图 4-24）是迫使阿莉埃蒂一家不得不搬家的最大威胁，但她去抓小人的目的可能仅仅是因为好奇，因为她认为小人会偷家里的东西，以及她想在主人面前邀功。阿春的形象犹如生活中随处可见的市井妇人，勤奋质朴却又尖酸狡黠，观众自然从她的行为和气息中感受到负面的价值观。《白蛇：缘起》中的国师为了修炼长生不老之术，逼迫人们去捕蛇以供其使用，但他修炼并不是单纯地为了自己，而是要用成功证明自己的实力，以获取同样想长生不老的皇帝的信任。如此忠诚和努力，不得不让人感叹其作为“打工人”的不易。

图 4-24 《借东西的小人阿莉埃蒂》中的女佣阿春

四、反派要以主角的目标开展行动

反派存在的意义就在于阻碍主角目标的实现，因此，反派的一切行动都要围绕这一目标去反推。在反推的过程中，要注意两个关键问题。

一是反派出现能够有效地打乱主角计划。反派需要有足够的实力和影响力，不容易被击败，从而具有足够的威胁感。当反派出现在一个场景中时，他们应该能够引发一系列有意义的情节变化，主角正在进行的计划或行动会被颠覆，让故事变得更加紧张刺激。如在《超能陆战队》中，反派角色罗伯特·卡拉汉教授（图 4-25）是黑暗势力的代表，他具备极高的智商和较强的科技实力，企图利用微型机器人技术制造混乱。他的出现让整个城市陷入了危机，引发了一系列紧张刺激的情节变化，让观众时刻关注着他的行动和计划。

图 4-25 《超能陆战队》中的反派罗伯特·卡拉汉

二是反派能够不断取得成功。被主角一招毙命的反派自然没有任何的意义，在主角的目标达成之前要给予反派足够多成功的机会。反派的每一次成功对于主角来说都是一次有效打击，这是一个不断为故事提供情绪价值的过程。在《蝙蝠侠：黑暗骑士》中，反派角色小丑（图 4-26）是一个极度疯狂和危险的罪犯，他不断地通过各种手段击败蝙蝠侠和其他正义力量，故事的紧张感和不确定性得以持续积累。同时，蝙蝠侠也通过与小丑的斗争，不断成长和提升自己的实力，最终成功地阻止了小丑的计划，实现了自己的目标。在斗争过程中，观众见识了小丑的能量，主角最后的胜利才更弥足珍贵。

图 4-26 《蝙蝠侠：黑暗骑士》中的小丑被称为“影视第一反派”

第六节 台词（对白）

为角色编写台词或对白是编剧的基本功，要写好每个角色的台词并不是简单的事。剧本最常见的问题就是无论角色是谁，人物说出的话和所用的词句都体现出编剧自己的说话习惯。要避免这种问题出现，同时又能够通过台词为角色塑造增光添彩，创作者就需要了解基本的写台词要求和技巧。

一、全面理解角色

每个角色都有明确的定位，编剧会为重要的角色撰写人物小传，在设计台词时小传就是最基本的依据。什么样的角色就要匹配什么样的台词，比如来自不同地方的人打招呼都会有明显区别：北京人习惯用“您”；山东人爱说倒装句；广东人满大街都是“靓仔”“靓女”。假如是古装戏，一方是刻薄的地主，一方是老实巴交的租户，对话就有可能是这样的：“老爷，您早！”“呦呦呦呦……怎么着，天天给我哭穷，反倒有闲钱跑这儿来买东买西来啦！”每个角色的台词都会与其性格、身份等相一致，这样的角色才是富有生命力的。

在《大鱼海棠》中，女主角椿是一个心地善良、知恩图报的人，但她同时又有着少年的青涩与任性。灵婆负责掌管所有死去人类的灵魂，其经历丰富，性格复杂，喜欢在私下做“非法”交易，有私心，也有同情心。在椿拜托灵婆救楸的戏中，经历风雨的老者对年轻人既支持又要说清其中利弊。无论是椿在焦急情况下的任性，还是灵婆亦正亦邪的恩威并施，两人的对话充分体现了各自的性格特征。

灵婆：天行有道，你这是要公然地与天作对。

椿：我不管，我一定要救活他。

灵婆：你不管？逆天而行会受到严厉的惩罚，无论是谁！

椿：我欠他一条命，我要还清欠他的。

灵婆：你本事挺大，我在这里修行了八百年，也还没能还清当年我欠下的……

椿：那是你不够。

灵婆：不许插嘴！我告诉你什么事最可悲，你遇见一个人，犯了一个错，你想弥补、想还清，到最后才发现，你根本无力回天，犯下的罪过永远无法弥补。我们永远无法还清犯下的……

椿：那你为什么说要帮我？

灵婆：那是我可怜你！

二、符合剧中情境

所有的台词都是对应的情境动作，剧本中的对话永远不会是聊闲天，即使这是一场聊天的戏，角色说的每一句话都有动作在其中。因此，落实到剧本中不可能描述的是“张三和李四在聊天”，而一定是“张三好奇地问李四”，这里“好奇地问”就是情境，就是动作，台词就要根据这种情境去撰写。

在《让子弹飞》中，马邦德在上任的路上被前来打劫的张牧之擒获，面对强悍的劫匪，为求稳妥马邦德迅速转变身份冒充师爷，在生死攸关之际凭借口才化险为夷。两人的对话将紧迫性演绎得淋漓尽致。

闹铃一响，众劫匪纷纷举起枪。

马邦德：有钱！有钱！我跟县长进城上任，县长淹死了，现在没有，上任就有！上任就有钱，上任就有！

张牧之又拧了一圈闹铃。

张牧之：再给你一圈，顺着买官往下说。

马邦德：有二十万！

张牧之：钱呢？

马邦德：买官了。

张牧之：买官干什么？

马邦德：赚钱！

张牧之：能赚多少？

马邦德：一倍！

张牧之：多长时间？

马邦德：一年！

张牧之：我要等你一年？

马邦德：半年！半年！手气好，一个月也行！

张牧之：县长淹死了，谁去上任？

马邦德：我！

张牧之：你是谁？

马邦德：师爷！

张牧之：你一个师爷敢冒充县长？

马邦德：没人认识县长长什么模样！

张牧之： 你干过几次？
马邦德： 一年两次！
张牧之： 干过几年？
马邦德： 八年！
张牧之： 八百六十四，你赚过六百四十万？
马邦德： 他，他县长赚过六百四十万！我不是师爷吗，我就赚个零头！
张牧之： 没失过手？
马邦德： 不动手，拼的是脑子，不流血。
张牧之： 你这次去哪儿上任？
马邦德： 鹅城。
张牧之： 火车被劫，你的人淹死了怎么交代？
马邦德： 车是我买的，人是我雇的，没人追查。
张牧之： 嗯？
马邦德： 没有人追查。
张牧之听完迅速地将头套摘下，众劫匪也纷纷摘下头套，露出得意的笑容。

在这段对话中，作为主动方的张牧之没有丝毫的废话，寥寥数句追问了所有的问题，从容干脆。作为被动方的马邦德在慌乱中尽量做到快速运转，在做到恰当回答的同时，又通过强调、重复等语气词把内心的紧张和局促充分地展现出来。

三、适当运用潜台词

我们经常会说某个人性格很好，见到陌生人之后几句话就能迅速地拉近关系，还会说某个人情商很低，没说几句话就让别人不想再理会他。之所以会有如此大的区别，关键就是每个人的说话方式是不同的，说的话背后富含各种信息，并传递出不同的情绪，也就是所谓弦外之音。这就犹如现在的人工智能虽然能够流畅地回答我们的问题，甚至是无差别交流，但总会给人以缺乏“人味”的冷冰冰之感。因此，一句好的台词背后一定是有潜台词的，既传递有效信息，又富含不同情感。

林黛玉来到贾府后还未能摸清众人脾气，因此十分谦逊，步步留心，时时在意，在与贾母和贾宝玉相遇的对话中尽可能地回答得含蓄，句句有潜台词。如贾母在众孙女面前问林黛玉读过什么书时，林黛玉回答“只刚念了《四书》”，又问姐妹们都念些什么书。她故作谦虚，转移注意力，并尝试了解大家的普遍水平。当贾宝玉问同样的问题时，就回答“不曾读，只上了一年学，些须认得几个字”，仍然谦虚，但又有意地给贾宝玉留下想象的空间。再之后当贾宝玉询问林黛玉是否有玉时，林黛玉赶紧暼了一眼贾宝玉胸前的玉，并小心地说“想来那玉是一件稀罕物，岂能人人都有的”，主动示弱又抬高对方。这些回答看似字数不多，却能够将林黛玉的性格和初到陌生地的胆怯感展现出来，具有典型的潜台词功能。

四、为角色赋予口头禅

为了能够在短时间内给观众留下深刻印象，创作者往往为角色设计经常出现的固定台词，也就是所谓口头禅，以不断重复的话强化观众对角色的认知。

在《武林外传》中，几乎每个主要角色都被赋予了口头禅，并成为角色最核心的记忆点。

佟湘玉——“额滴个神啊”
白展堂——“葵花点穴手”
吕秀才——“子曾经曰过”
郭芙蓉——“排山倒海”
祝无双——“放着我来”
邢捕头——“我看好你哦”
燕小六——“帮我照顾好我七舅姥爷”

在《武林外传》中，即使是出现很少的角色也会因为口头禅给人留下深刻印象，比如“我上面有人”“收拾东西回扬州”“我是一个自律的撰稿人”“你在怀疑我办案的能力吗”等，观众听到这些台词时角色的形象就已浮现在脑海。

在动画作品中，口头禅的设计往往和标志性动作相搭配，比如每次柯南要破案时都会手指镜头说出“真相永远只有一个”；樱木花道时不时地叉腰仰天笑冒出“我是天才”的金句；灰太狼每次被打飞的时候都会狂喊“我一定会回来的”。适当地使用口头禅和标志性动作，可以为角色塑造大大增色。

第七节　道具

道具是剧作中特殊的辅助性角色，它可以是爱情剧中的“定情信物”、武侠剧中的“武林秘籍”，也可以是年代剧中的“传家宝”、冒险剧中的“神秘宝藏”。它们在剧作中发挥着各种不同的作用，或是展示剧情转折，或是叙述回忆，抑或是展现人物关系的沟通和交流等。在创作中巧妙使用道具，可起到事半功倍的作用。

一、以道具凝聚主题

道具可以成为凝聚主题的核心要素，成为故事发生和发展的依托。如《红楼梦》以大荒山青埂峰下顽石幻化的通灵宝玉为视角，以贾宝玉、林黛玉等角色的爱情婚姻悲剧为主线，娓娓道来几个家族的兴盛与衰败，展现出世间百态。再如动画《七龙珠》(图 4-27）的故事得以成立的前提就是关于龙珠的传说。全片故事写的就是主角孙悟空在偶然的机会下随天才科学家布尔玛一起走出大山，致力于寻找分散在世界各地的七颗龙珠。在此过程中，他们结识了各种伙伴，经历了各样的冒险，《七龙珠》是典型的由道具引出主题的作品。《死亡笔记》同样是围绕死亡笔记展开的关于死亡、复活、犯罪、欲望等的讨论，死亡笔记在其中实际上扮演了人性“试金石”的角色。

图 4-27 《七龙珠》

二、巧用道具塑造角色

道具可以成为塑造角色性格的得力助手，尤其在战斗、侦探等题材作品中更是如此。以大家最熟悉的《西游记》《水浒传》《三国演义》为例，这三部作品中的每个主要角色都有自己不离身的道具（武器），孙悟空的金箍棒、猪八戒的九齿钉耙、沙僧的降妖宝杖、鲁智深的水磨禅杖、花荣的弓箭、李逵的双板斧、关羽的青龙偃月刀、吕布的方天画戟、张飞的丈八蛇矛等，都已经成为辨识角色不可或缺的元素，相关的影视作品也会在这些道具的表现上颇下功夫。

动画作品更是善于使用道具增加角色的辨识度，同时为后续衍生品的开发打下基础。例如，哆啦 A 梦所拥有的各类道具成为其处理各种麻烦必备的工具，柯南在办案过程中使用的变声器（图 4-28）等道具助他顺利破案。没有了这些道具，这些角色的魅力将会大打折扣。

图 4-28 《名侦探柯南》中的道具发挥着不可替代的作用

三、以道具推动叙事

道具可以在故事的讲述中发挥推动情节发展的重要价值，同时能够成为剧中角色情感发展的载体。

电影《功夫》（图 4-29）中的棒棒糖共出现过五次：第一次出现时棒棒糖被赋予了阿星童年色彩的象征，成为他的梦想符号；第二次出现是坏孩子想抢夺小女孩手中的棒棒糖，阿星见义勇为保护了女孩，自己被打，女孩为了感谢男孩将棒棒糖送给他，从此棒棒糖成为阿星心中的甜蜜期盼；第三次出现是阿星被火云邪神打得昏厥之际画出的棒棒糖形状，此时的棒棒糖已经成为阿星心中最深处的执念；第四次出现是阿星开了棒棒糖店，遇到了长大的女孩通过棒棒糖找到了阿星，他终于实现了自己的梦想；第五次出现是乞丐想骗舔着棒棒糖的小女孩，呼应了棒棒糖的符号意义，同时展现无厘头风格。可以说，棒棒糖是主角成长和支撑他走下去的核心道具，也是推动故事不断发展的核心要素。

图 4-29《功夫》

《雄狮少年》中的英雄花代表了勇气，是激发阿娟斗志并推动后续情节的重要道具。当雄狮跳跃至高台，英雄花漫天飘落，这也正是阿娟找回自己信心的时刻。同时，英雄花也成为他对少女阿娟心怀朦胧憧憬的浪漫情怀。因此，当他在赛场上准备向少女阿娟展示手中的英雄花时，少女阿娟身边的男性朋友让阿娟瞬间回到现实，两人之间的现实差距又一次刺痛了少年的心。

思考与练习

1. 选择三部不同类型的动画作品，分析它们的角色配置情况。
2. 分析一部动画电影中主角的塑造方式。
3. 尝试撰写一场主角和配角的对话戏份。

第五章

故事的讲述

本章知识点

- 故事的主题。
- 故事的结构。
- 故事的驱动力。
- 故事的冲突。
- 故事的悬念。
- 故事的反转。

学习目标

- 了解故事主题的衡量标准和确立、表达方式。
- 掌握三幕剧故事结构的构建方法。
- 了解故事的驱动力。
- 掌握故事的冲突构建方法。
- 了解悬念设置和解答的一般规律与方法。
- 了解故事的反转类型和方法。

第一节　故事的主题

主题被称为故事的DNA。无论是角色、场景，还是各种讲述方式，诸多元素最终交织于一起。剧本要呈现的终归是一个要表达某些“东西”的故事，这个“东西”可以是理念、价值观、思想、意图等。

一、主题的衡量标准

衡量主题表达是否优秀，关键看以下两个标准。

一是该主题是否具有广泛的现实性。确立主题的目的是引发观众的共鸣，要共鸣就需要有共同的认知或经历，比如在情感上的共通；对生活、工作，甚至生存上的苦难认知；对时代发展的感受；对美好、成功、卓越的追求等，无病呻吟、异想天开，甚至反人类倾向的主题不具可行性。只针对某些圈层受众的主题则需更加精准地观照他们的现实感受，比如作品针对学龄前的小观众，主题就必须与他们的成长现实紧密地结合，和小朋友相处的方式、管理自己的情绪、生活中的基本认知、某方面的知识等都可以进行精准的主题设计。

二是主题表达要深刻。影视艺术发展至今，各方面所涉及的主题表达早已作品丰富，要让自己的作品具备打动观众的实力，就要在同样的主题表达上做到深刻。主题深刻与否的关键，就在于剧情设置和角色刻画是否精彩，假如观众在观赏完一部作品后能够记住其中的角色，甚至作品能够成为经典，那么这部作品所要表达的主题一定是无比深刻的。

二、主题的确立

主题的确立一定是剧本正式写作之前要做的事，虽然每个人写剧本的习惯不同，激发写作的点也不尽相同，但都必须在撰写大纲之前完成这个任务。当然，想要一下就能切入主题并不是一件简单的事情，必要时需要用不断缩小范围的方式去实现。

首先，确定大的主题类别。这是一个确定题材类型的过程，冒险、亲情、爱情、复仇、战争等总有一个题材是你想要表达的，但必须清楚，有了类型倾向并不代表就有了主题。比如，在动画作品中出现最多的“成长主题”，实际上并不是具体的主题，因为成长包含广泛的内容，只要是主角朝着正向的趋势发展，无论是思想、身体，还是某些认知，都可以纳入成长范畴。不过不具体不代表没意义，相反，确立类别的过程正是梳理的过程。例如，一部作品包含了冒险、梦想、爱情等诸多元素，提炼其中的主题类别倾向，可以为进一步的主题细化打好基础。

其次，确立明确的主题。当较为宽泛的类别已经确定，就需要明确具体的主题了。比如，这是一部探讨“偏见”的作品，最终的结果肯定是要打破偏见，那打破的过程侧重于什么呢？拯救，反抗，还是体验？不同的选择会形成不同的主题：

拯救——“打破偏见可以拯救美好的世界”（《疯狂动物城》）

反抗——“我命由我不由天”（《哪吒之魔童降世》）

体验——“恐惧源自自我想象的偏见”（《欢迎来南方》）

这三部作品都在探讨偏见，但因选择的打破偏见方式不同从而有了迥异的呈现，《疯狂动物城》侧重于如何拯救因偏见而混乱的世界；《哪吒之魔童降世》侧重于以反抗偏见来反抗命运的不公；《欢迎来南方》（图 5–1）则是以亲身体验化解因偏见导致的恐惧。它们各有千秋。

同时，我们还要有一个清晰的认知：经典的主题之所以经典，是因为观众能够产生共鸣。即使同样的主题，通过改变世界观、角色和讲述手段，观众能够得到不同的故事感受，这也正是编剧的魅力。

图 5–1　意大利电影《欢迎来南方》讲述了一个意大利北方的邮局经理被调到南方工作的搞笑经历

三、主题的表达

主题确立之后该如何精准地表达呢？塑造角色！主角、对手、配角的互动是主题表达的核心路径，主题表达要和角色们的命运紧密结合在一起。下面以《哪吒之魔童降世》为例进行分析。

主角的“角色弧光”是表达主题的最重要媒介。被人们认为是怪物的哪吒受尽众人冷眼，但在最初他并没有意识到自己的命运需要自己掌握，而是自暴自弃，成为人们“期望的妖怪”。在父母和师傅的善意谎言之下，哪吒逐渐开始试图改变自己的形象，却被深深的偏见一次次伤害，离打破偏见的现实反而更加遥远。经历过生死考验后哪吒（图 5–2）逐渐明白了命运的含义，并最终在亲情的感化下完成了蜕变，主题得到了升华。

图 5–2 《哪吒之魔童降世》中的哪吒

反派角色或主角对手往往和主角一样无法意识到主题，并且因为自身的局限性会对主题反抗得更加激烈，但最终会面对主角觉醒和自己失败的现实，进一步强化关于主题的内涵。哪吒的主要对手三太子敖丙（图 5–3）与哪吒一样在开始时没有意识到命运应由自己掌控，同时因为背负家族的使命而更加逆来顺受，直到最后被哪吒点醒，他与哪吒一起完成了质的飞跃。最后，他并没有完成拯救家族于海底炼狱的使命，龙族遭受的偏见仍在持续，这也更加凸显了其悲剧色彩，并给影片打破偏见的主题提升了一个层次。

图 5–3 《哪吒之魔童降世》中的三太子敖丙（右）

配角是主角和反派在呈现主题道路上不可或缺的推动力，尤其是扮演“精神导师”的角色通常会是直接促使他们接受主题的关键。“精神导师”通常对主题已经欣然接受或本就与主题一致，因此，在重要时刻会影响主角和反派的判断。李靖（图 5–4）和龙王分别扮演了哪吒和敖丙的精神导师。李靖看似严肃实则极有担当，即使哪吒生为魔丸并有三年劫数，他也并未顺从“天道”，而是想尽办法改变这一切，甚至不惜用自己的生命换哪吒的一线生机。正是李靖有这种不信命的性格，才会鼓励哪吒“别在意别人的看法，你是谁只有你自己说了才算”，对哪吒向主题靠近发挥关键作用。龙王在作品中虽是反面角色，但他恰恰是被偏见所深深伤害的一方，早就看清了天庭的伪善，因此才将自己的儿子作为改变全族命运的希望，虽然是受申公豹暗藏私心的蛊惑，但心中意志已经展露。敖丙背负父亲重托，不得不为家族做违背内心之事，也注定了其悲剧性色彩。

图 5-4 《哪吒之魔童降世》中的李靖

当能够给不同的角色分配以合适的主题动机，我们就可以更了解自己的角色，他的行为、他的决定，以及应该加入怎样的场景和情节，并最终得到一个主题鲜明的剧本。

在实际的剧本写作中，设计有趣的世界观、曲折的情节和丰富的台词要比思考具有哲学意味的主题更有吸引力，因此，这很容易造成创作者在主题不明确的情况下就开始了正式的剧本写作。这样一来，结果很可能是致命的，创作者最后得到一个混乱的、空洞的、毫无意义的故事。总而言之，表达主题不易。

第二节　故事的结构

不同的故事讲述会采用不同的结构，罗伯特 · 麦基在《故事：材质、结构、风格和银幕剧作的原理》（图 5-5）中说：“结构是对人物生活故事中一系列事件的选择，这种选择将事件组合成一个具有战略意义的序列，以激发特定而具体的情感，并表达一种特定而具体的人生观。”[①]

编剧郑远曾举过一个形象的例子阐释结构，他把结构比作一座拱桥，这种桥不但十分实用，而且造型美观（图 5-6）。假设从桥头走到桥尾算是讲述了一个故事，那作为工具的这座桥就是故事结构，从开始不断往上走，当达到最高处时也就迎来了故事的高潮，接着就是迅速下落直到结束。很多时候，为了让故事更加跌宕起伏，剧本会设置多个故事点，故事结构犹如多拱桥（图 5-7）。

① 麦基 . 故事：材质、结构、风格和银幕剧作的原理［M］. 周铁东，译 . 北京：中国电影出版社，2014：30.

图 5–5 《故事：材质、结构、风格和银幕剧作的原理》与悉德 · 菲尔德的《电影剧本写作基础》和布莱克 · 斯奈德的《救猫咪：电影编剧指南》并称“编剧三宝”。

图 5–6　单拱桥

图 5–7　多拱桥

组成桥的是建筑材料，桥必须经过精密设计与建造，才能通行。组成故事的是一个个事件，只有按照特定的序列对事件进行合理的安排，故事才可能精准阐释作品主题，并引发观众共鸣。

一、三幕式结构

人类一直在试图寻找最佳故事讲述方式，探索不同的结构。经过长时间的验证，三幕式结构被认为是最经典的结构，也是最基本和纯粹的结构。之所以被称为幕，是因为舞台戏剧在一部分情节结束后需放下巨大的幕布，结束后的“谢幕”也源自此。这一称谓延续至后来的影视艺术，成为故事讲述中区分每一个部分的用词。所谓三幕式结构，就是可将故事简单分解为开端、中段、结尾三大部分，也就是常说的开始、经过、结束。

三幕式结构之外，还可以见到四幕（起、承、转、合）结构，五幕（开端、发展、转折、高潮、再高潮结局）结构，甚至七幕结构。但无论如何变化，其本质永远是“对抗的双方和表达的情绪”，都是对三个最基本元素的重新细化、分解、排列组合。三幕式结构对剧情节奏的把控，最容易被观众理解，是最常用的电影叙事结构。

三幕式理论最早可追溯至亚里士多德的《诗学》，后作为基础被美国好莱坞灵活沿用，创作者们整理出适用于电影编剧的“三幕结构”，并将其广泛应用于电视剧、动画、综艺等领域。

悉德·菲尔德在《电影剧本写作基础》中将三幕式结构归纳为建置（setup）、对抗（confrontation）和结局（resolution），如图 5-8 所示。

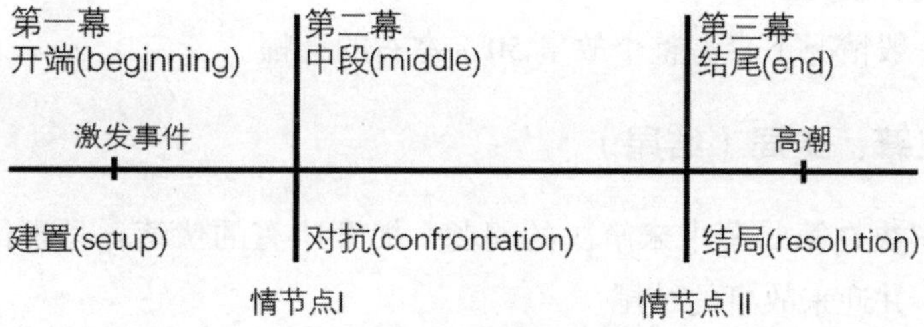

图 5-8　三幕式结构

（一）第一幕：建置（开端）

第一幕是故事的开始，观众并不知道故事即将开始讲述什么。因此，在这部分，首先要让观众搞清楚故事发生的背景，也就是我们前面章节所讲的世界观。即使有些影片故意为了制造悬念或爆点，在开始时做了隐藏，在这部分结束前也一定要展现完整的世界架构，把作品的调性呈现出来。

另外，创作者在第一幕中务必明确主角的存在。通过和主线故事相关的系列事件，让观众对主角有初步了解并“关注”他。主角在这个阶段所展现的品质肯定不是全面的，但一定要有吸引观众的点，让观众能够与之产生共鸣，为接下来更长久的陪伴打下基础。

同时，在第一幕中，主角面临的困境（对手）还未充分地暴露，对抗（冒险）还未全面地展开，但一定要将发生的冲突预示出来，为观众留下悬念，激发好奇心，吸引他们持续地往下观看，并在第一幕的结尾使主角被召唤，开始踏上冒险（对抗）之旅。

第一幕在一般情况下会占整个故事 25% 左右的篇幅。

（二）第二幕：对抗（中段）

从第二幕开始，主角开始面临各种困难，迎接各种挑战（冲突）。这些都是为了阻碍主角完成目标所设置的障碍。这些障碍可大可小，一定要把握整体性原则，每一个障碍的逾越都能够让主角离最终目标更近一步，是为了故事高潮的到来所做的渐进式铺垫。因此，必须做到环环相扣，剧情张力不断提升，主角的成长（蜕变）也就在各种起伏之中得以完成。

冲突的设置要紧密地围绕剧本主题和题材类型展开，冒险和家庭日常肯定不同，内部冲突和外部冲突更会迥异。

在对抗的过程中，一定要让主角遭遇挫败，甚至坠入谷底，但绝不能是致命的。真的有极端情况出现，也要想办法让角色死而复生（重新振作），坚韧不拔又有“光环”的角色会更有魅力。

第二幕在一般情况下会占整个故事 50% 左右的篇幅。

（三）第三幕：结局（结尾）

第三幕要解决在第二幕中未解决的问题，揭开所有的伏笔，呈现最后的冲突，达到故事的高潮，并迎来故事的结尾。

一般大团圆或圆满结局的剧本，结局会让角色的目标达成，这点在动画作品中尤为明显。但也有越来越多的作品会选择多样化结局，角色会有些目标没完成，甚至无法回到原来的生活，这也正是不同故事的魅力。

结局还有一个特别重要的任务，就是让观众感受到故事表达的主题（情感），产生共鸣并引发银幕外的思考。当然，爆米花式“爽剧”做到极致就已经是成功。

第三幕在一般情况下会占整个故事 25% 左右的篇幅。

二、节拍表

在三幕式结构的基础上，诸多好莱坞的编剧和理论家不断摸索，构建起不同的叙事节拍，以找到最佳的故事讲述方式。著名编剧布莱克·斯奈德在长期的学习和实践中总结出“布莱克·斯奈德节拍表”，它被公认为经典的叙事节奏模板。节拍表以好莱坞标准的110页剧本为例，将三幕剧分为15个节拍点（表5-1）。

表5-1　布莱克·斯奈德节拍表

第一幕（开端）（建置）（第一世界）	1	开场	第1页	确定影片基调、情绪、题材、类型、风格；介绍主要角色或主要事件背景
	2	阐明主题（建立结构）	第5页	通过对白或陈述明确主题；通常是主角提出或陈述
	3	布局铺垫	第1—10页	吸引眼球、主角问题提出、展开第一幕的起承转合；介绍主线故事中的人物及关系；强化目标和转变方向
	4	触发事件（催化剂）	第12页	催化事件，逼迫主角做出反应；第一幕转折点
	5	争执、辩论（思想斗争）	第12—25页	主角因内部、外部因素影响所产生的争论、顾虑
	6	进入第二幕（转幕节点）（大事件）（情节点1）	第25页	主角面对问题开始行动；反主题开始
第二幕（中段）（对抗）（第二世界）	7	副线故事	第30页	副线故事开始，暂时让观众喘口气；出现主线故事中没有的角色
	8	玩闹和游戏	第30—35页	主角小有成绩，氛围相对轻松，为后面的冒险做准备
	9	中点	第55页	重回主线故事，主角看到暂时的成功假象，危机开始埋下
	10	反派逼近（危机升级）	第55—75页	主角内心濒临崩溃；反派力量集结
	11	失去一切（失落点）	第75页	主角陷入低谷，处于选择的十字路口
	12	灵魂暗夜	第75—85页	主角进入最低潮阶段
	13	进入第三幕（转幕节点）（新的希望）（情节点2）	第85页	故事出现新的转机；主线和副线融合
第三幕（结尾）（结局）（第三世界）	14	结局（高潮、领悟）	第85—110页	问题解决、达到高潮、领悟、深化主题
	15	终场画面（结局）	第110页	对应开场的世界、回归正常；新世界建成

以此为基础，好莱坞总结出一套切实可行的经典编剧方法——将完整的故事分解

为 36 个小单元，其中 15 个节拍点是重要时刻（图 5–9）。

图 5–9　迪士尼团队在分析剧本

具体操作如图 5–10 所示。

首先，准备 36 张卡片，其中 15 张为一种颜色，其余 21 张为另一种颜色。

接着，将 36 张卡片分为 4 行，每行 9 张。第一行代表第一幕，第二行、第三行代表第二幕，第四行代表第三幕。

最后，将对应内容标注于每张卡片上。

开场	主题、结构	结构建立	催化剂	思想斗争	思想斗争	思想斗争	思想斗争	大事件
副线故事	趣味和游戏	趣味和游戏	趣味和游戏	趣味和游戏	趣味和游戏	趣味和游戏	趣味和游戏	故事的中间点
危机升级	危机升级	危机升级	危机升级	危机升级	危机升级	失落点	灵魂的暗夜	新的希望
开始行动	决战胜负	决战胜负	决战胜负	决战胜负	决战胜负	高潮、领悟	领悟	最终结局

图 5–10　36 张卡片编剧法

这种节点方式可以帮助编剧更好地控制时间分配，以 90 分钟时长为例，遵循三幕剧基本的时间占比，第一幕 20—25 分钟，第二幕 45—50 分钟，第三幕 20—25 分钟。当然，在实际的运用中，创作者会根据故事内容做适当的调整，但并不会差距太大。

以动画电影《冰雪奇缘》（图 5-11）为例进行分析。

图 5-11 《冰雪奇缘》

第一幕（27 **分钟**）

第 1 分钟——克里斯托夫的族群制冰（**开场**。出现男主角克里斯托夫，展示故事背景，预示故事与冰雪有关）。

第 2—6 分钟——妹妹安娜和姐姐艾莎晚上偷偷出来玩，艾莎用魔法制造冰雪，因无法自如控制伤害到安娜，国王和王后带她们去找地精，艾莎从地精口中得知自己魔力的好与坏，内心恐惧是不能控制它的原因，艾莎开始隔离生活（**阐明主题、建立结构**。点出故事主题：恐惧源自内心）。

第 8—9 分钟——父母离世，姐妹二人持续悲痛（**催化剂**。预示艾莎将会成为女王，推动故事的转折）。

第 10—14 分钟——艾莎要加冕，展现更多角色，安娜开心，艾莎担心（**思想斗争**。艾莎陷入更深的恐惧之中）。

第 25—27 分钟——艾莎拒绝安娜与汉斯王子的结婚请求并因愤怒展现魔法，人们震惊，艾莎因恐惧离开（**大事件**。故事开始进入第二幕）。

第二幕（50 **分钟**）

第 28 分钟——安娜踏上了寻找艾莎的旅途（**副线故事**。开始轻松的爱情戏，其他配角开始出现）。

第 47 分钟——汉斯王子决定去寻找安娜（**中点**。开始重新回到主故事线，反派汉斯王子踏上旅途，预示危机来临）。

第 55 分钟——艾莎因恐惧拒绝离开冰堡，不小心冷冻安娜心脏（**危机升级**。艾莎对魔法的恐惧更深，为进一步失落埋下伏笔）。

第 68—71 分钟——汉斯王子找到艾莎，将其关起来（**失落点**。艾莎陷入极度恐惧，失去斗志）。

第 73—75 分钟——王子告知安娜真相，并想冻死她（**灵魂暗夜**。故事进入低谷，一切都没有了希望）。

第 77 分钟——艾莎逃走（**新的希望**。艾莎没有被困住，王子的阴谋出现破绽）。

第三幕（13 分钟）

第 78—83 分钟——克里斯托夫被驯鹿挡回，雪人救安娜，王子追艾莎（**开始行动**。主线故事和副线故事开始融合，为决战做准备）。

第 84 分钟——安娜帮艾莎挡住王子的剑，身体被彻底冻住（**高潮**。安娜为了救姐姐表现出的义无反顾，救赎了姐姐，也救赎了自己的真爱）。

第 85—86 分钟——艾莎解除冰雪，领悟到爱可以战胜恐惧（**领悟**。解开主线故事中的恐惧问题，也理清副线故事的脉络，深化主题）。

第 87—90 分钟——冰消融，艾莎消除恐惧，控制住冰雪，王子被惩罚，安娜与克里斯托夫在一起（**结局**）。

三幕式结构同样适用于动画系列剧，受整体作品风格、时长等因素的影响，其在节拍点上会与电影有所区别。以《宇宙护卫队 3》（图 5-12）第一集《最棒的兔狲爸爸》为例，全片共 13 分钟，除去 1 分钟开头和 30 秒结尾，正片共 11 分 30 秒。

图 5-12 《宇宙护卫队 3》

第一幕

前 40 秒——小朋友们在剧场排练宇宙护卫队的节目，小兔狲洋洋忘记了拿道具（**开场、建立结构**。明确该集故事的发生地和主要角色）。

第 40 秒—1 分钟——兔狲爸爸因摔倒弄坏了道具，狐狸老师去拿工具修理道具（**催化剂**。引出危机，并为呼叫救援埋下伏笔）。

第 1 分 1 秒—1 分 18 秒——阳光照射垃圾桶，垃圾被点燃（**大事件**。危机来临，引导事件进入第二幕）。

第二幕

第 1 分 19 秒—3 分 33 秒——**副线故事，玩闹和游戏**。展现宇宙护卫队成员的快乐日常，队员们接到救助信息，并变身出发。

第 3 分 34 秒—6 分 22 秒——**危机升级**。闪电和彩虹来到剧场，分别化解了火势太大、小动物哭闹、吊灯坠落、出口被堵等危机，救出大家。

第 6 分 23 秒—7 分——**失落点**。兔狲发现小小鸭没有出来，闪电再次进入，彩虹呼叫风暴支援。

第 7 分 1 秒—8 分 20 秒——**灵魂暗夜**。小小鸭被困在道具室，闪电无法进入。

第 8 分 21 秒—8 分 47 秒——**新的希望**。兔狲爸爸凭借身体优势进入道具室。

第三幕

第 8 分 48 秒—9 分 53 秒——**开始行动**。兔狲爸爸与闪电配合拯救小小鸭。

第 9 分 54 秒—10 分 50 秒——**高潮**。众人合力完成了拯救小小鸭的行动。

第 10 分 51 秒—11 分 30 秒——**结局**。小兔狲改变了对爸爸的态度，彩虹揭开兔狲奥秘。

三、其他类型结构

可以说，三幕式结构已经可以满足我们的基本编剧需求，在此基础上衍生出来的四幕、五幕、七幕等模式也做了很好的扩展和丰富。但人类因对讲故事的痴迷注定不会停下脚步，更多结构被研究和付诸实践。ScreenCraft 网站（好莱坞业内认可度极高的专业剧本创作网站）从 YouTube 知名电影自媒体 Cinefix 讲解的电影结构课中汲取灵感，对诸多的结构进行了总结，共分为十类结构，除了三幕式结构之外，还有实时结构（real-time structure）、多重时间线结构（multiple timeline structure）、链接结构（hyperlink structure）、fabula/syuzhet 结构、逆时顺序结构（reverse chronological structure）、罗生门结构（Rashomon structure）、环状结构（circular structure）、非线性结构（non-linear structure）、梦的结构（oneiric structure）九种[①]，可为动画编剧提供更多的创作思路，如表 5-2 所示。

---

① MIYAMOTO K.10 Screenplay structures that screenwriters can use［EB/OL］.（2023-07-14）[2024-04-22]. https://screencraft.org/blog/10-screenplay-structures-that-screenwriters-can-use/.

表 5-2 剧本结构表

结构名称	结构特点	结构优势与呈现难度	代表影片
实时结构（real-time structure）	角色所面对的任何冲突的因果关系都是实时呈现的。故事没有出现中断，每个时刻都很重要（不会设计主角上厕所之类的废镜头），“紧迫的时间”驱动角色行动。	故事中的张力持续升级，如实传达这种张力感更令人印象深刻。	《十二怒汉》《与安德烈晚餐》《千钧一发》《93 航班》《正午》
多重时间线结构（multiple timeline structure）	混合多条时间线的故事。在大多数情况下，故事是融合在一起的，具有相同的主题、情感和信息，但在细节上又各不相同。一个故事的因果并不一定会对其他故事产生影响。故事间唯一的联系就是共同的主题、情感和信息——除了制作选择之外，可以让一个演员演绎不同的角色，在不同时间段采用相同的场地等。	让观众感到宇宙中所有生命都有某种联系。	《党同伐异》《珍爱泉源》《云图》《教父 2》
链接结构（hyperlink structure）	线性故事展现出多米诺效应。一个骨牌倒下会导致另一个骨牌也倒下，直到找到解决办法。链接结构的关键是，最终每个故事和角色都会影响其他故事和角色，如果移除某条故事线或角色，故事主线也会崩溃。	此结构很有难度，不易达到完美的程度。但它更容易吸引观众，因为他们想知道这些故事和角色是如何产生联系的。	《木兰花》《撞车》《通天塔》
fabula/syuzhet 结构	来源于俄国形式主义的术语，运用于描绘叙事结构的叙事学。其中，fabula 是构成故事的素材，syuzhet 是叙述以及故事是如何组织的。往往是先揭露结局，让观众探究故事是如何演变至此的。故事关乎历程，并把重点放在“如何”而不是“什么”上。	经常用于真实故事的独特结构，但也很容易创造性地应用于虚构的故事。增添了一种叙述感，并否定了使用旁白。	《搏击俱乐部》《美国丽人》《好家伙》《阿甘正传》《夜访吸血鬼》《公民凯恩》
逆时顺序结构（reverse chronological structure）	电影中更原始的结构之一。在该结构中，剧本被分割成好多块，以结局或接近结局为开端，然后按从尾到头的顺序讲故事。	易于制造剧情张力，但必须写出一个引人入胜的逆时顺序故事，留下各种谜题让观众猜测、解读，同时回答这些问题。	《记忆碎片》
罗生门结构（Rashomon structure）	来源于黑泽明的经典之作《罗生门》。着眼于从不同的角度讲述相同的故事。往往能使用 fabula/syuzhet 结构的元素，让一个角色在叙述里回忆事件，但这里的素材是不同的，因为相同的故事从不同的人物视角进行讲述。	让观众记住一个故事的多面性。对细节的关注必须接近完美，每个视角都要把个人价值作为独立的故事，同时展现出具有同等价值和阴谋的总体故事。	《罗生门》
环状结构（circular structure）	通常是始于结尾和结于开端的故事。再次使用了 fabula/syuzhet 结构。这里的叙述更像是一个莫比乌斯环，中间被扭曲，首尾相接，形成一个圆圈。同时，素材就像吞噬自己尾巴的龙。	很适用于时间旅行故事，以最直接的方式利用叙事的循环优势。	《回到未来》《十二猴子》《环形使者》

续表

结构名称	结构特点	结构优势与呈现难度	代表影片
非线性结构（non-linear structure）	非线性故事在时间上非常跳跃，不是从A点到Z点或从Z点到A点。它可能是从A点到D点，然后跳到L点和M点，只为了跳回B点和C点。	烧脑，观众必须能将特定场景和故事线连接起来。	《低俗小说》《落水狗》《安妮·霍尔》《敦刻尔克》
梦的结构（oneiric structure）	用梦般的视觉效果来描绘电影故事，探索梦境、记忆和人类意识的结构。	极具个人特色，创作这类故事需要洞察力和远见。	《香草的天空》《生命之树》

第三节 故事的驱动力

故事要顺理成章地发展，就要有内在的驱动力。尤其是成长类故事，角色要完成蜕变最终依靠的一定是内心的欲望，是追求、信念、梦想等。知名动画人罗沐在关于剧本写作思维的文章中将其称为“种子”，认为它是“推动人物和故事发展的源泉”，承载的是角色“未来发展的梦想、使命、目标”，也是“人物成长和故事发展的引擎和动力”。这很形象地诠释了驱动力的作用和应有的状态。

一、驱动力要有被激发的过程

驱动力会作为故事发展的坐标，但不会一开场就直白地告诉观众角色的目标，这需要一个铺垫的过程，驱动力会随着故事的发展逐渐被激发出来。

以《功夫熊猫》为例，影片在开始就以武侠梦境和起床后对着“五侠”玩偶的一系列耍宝行为表明了阿宝是个功夫迷，但对于阿宝来讲，这只是他的一个功夫梦，或者说是类似于追星的行为。煮面条的现实和本身好吃懒做、一身肥膘的先天条件，都表明了这个梦想仅仅是个梦而已，还未能构成转化为实际行动的驱动力。因此，当阴差阳错地有机会成为自己无数次幻想的“神龙大侠”时，阿宝是无法接受的，他不相信这一切的真实性，尤其知晓一旦身在其位必须有足够能力去面对强大的对手和危机时，他退缩了，原本未落地的梦想也彻底被恐惧所掩盖。师傅通过食物的诱惑初步激发了阿宝的功夫梦，但当“五侠”被打败，神龙秘籍又空无一字时，他的“神龙大侠”梦彻底被击碎。激发他相信自己、相信梦想的是面对师傅冒死抗敌自己却无能为力的惭愧，以及鸭爸爸揭晓的面汤秘籍，这时阿宝的内在驱动力才彻底被激发（图5-13）。

图 5-13 《功夫熊猫》中阿宝受鸭爸爸的秘籍启发，内在驱动力被彻底激发

“一览无余”总会让人迅速地失去兴趣，“犹抱琵琶半遮面”才能够不断地调动观众的神经，让观众继续沿着剧情所设置的方向前进，这就是驱动力要经过挖掘才能显现的原因。

“欲扬先抑”这种方式往往能在激发驱动力的过程中取得更佳的效果，比如要让主角成为英雄，就先让他弱小或落魄；要让主角代表正义，就先让他有性格缺陷甚至堕落；要让爱情圆满，就先让两人看似没有可能……当情绪被压制到低谷，驱动力被激发，让不可能变成可能，故事呈现出应有的魅力。本书在前面章节中列举了陈佩斯的喜剧理论，其中最核心的是关于喜剧的悲情内核以及角色的“差势论”，这也正是“欲扬先抑”的成功表达。

二、驱动力要在闭环中发挥作用

驱动力要发挥最佳作用有一个前提，就是务必在规定的时间内完成首尾呼应，形成故事的闭环，不能半途而废，更不能在目标实现之前转向另外的驱动力。

依然以《功夫熊猫》为例，让故事达到高潮的是阿宝历经波折后终于从功夫粉丝转化为充分发挥自我潜能的神龙大侠。当他和师傅躺在地上享受和平时，故事的闭环已经完成。阿宝完成了蜕变，得到了所有人的认可，这个结局与开头阿宝梦中幻想的大侠故事完美衔接。

假如在一定的篇幅内，故事没有形成闭环，驱动力的作用也将大打折扣。比如在《魁拔之十万火急》中，主角蛮吉的终极目标是铲除魁拔，成为世上最伟大的妖侠，但他在克服多个困难终于迎来魁拔的脉兽时却神奇地成为脉兽的一部分。这种转变具有反转特质，也是剧本创作中应具备的技巧。但对于一部电影作品而言，转变在高潮时才出现，明显已经滞后，主角本身的目标也未能实现，驱动力并未给故事带来一个完整闭环，虽然为第二部留下了悬念，但让第一部留下极大的遗憾，造成观众的不满

（图 5-14）。该系列动画电影具有庞大的世界观和复杂的剧情设置，创作团队寄希望于通过五部电影完成整体的故事讲述，却忽略了电影本身的特质和观众的观影体验，造成了十分被动的局面。这种讲故事的方式更适合用于系列剧，而非电影，剧作思维上的失误让该系列电影成为国产动画电影史上颇具争议的作品，也再次印证了驱动力在规定时间内完成闭环的重要意义。

图 5-14 《魁拔之十万火急》

第四节 故事的冲突

故事的精彩与否在很大程度上取决于冲突的设置。

就如上学时写的日记，老师布置此任务的目的是让学生记录日常生活，并从生活中获取写作的素材，但学生往往会将日记写成寡淡无味的流水账，起床、吃饭、写作业、玩、睡觉……看似如实记录，实则漫无目的，是事实，却非故事。故事的核心在于冲突，冲突是推动故事发展和体现故事主旨的基本动力。

那么，冲突是如何产生的呢？当两个要素在特定的空间、时间下产生了某方面的对立，冲突也就随之而来，化解对立的过程也就是解决冲突的过程。

根据情况的不同，冲突分为外部冲突和内部冲突两大类。

一、外部冲突

外部冲突主要由外部环境导致，包括自然环境和社会环境（所有人为主导的构成要素）。例如，宫崎骏的很多作品都在探讨人和自然的相处，《幽灵公主》《天空之城》

《风之谷》（图 5-15）等无不是在思考人与自然能否真正和谐共存，以及科技文明能否征服自然的命题。《熊出没》系列早期作品中，光头强是典型的反面角色，他和熊大、熊二围绕保护森林与破坏森林产生冲突，这成为影片的核心逻辑（图 5-16）。

图 5-15 《风之谷》探讨了人与自然能否和谐相处的命题

图 5-16 《熊出没》早期版本采用了“破坏 + 反破坏”的冲突制造方式

二、内部冲突

内部冲突主要关注与角色本身有关的冲突，包括生理、心理、思想等层面。在动画片永恒的成长主题中，很多作品都是关于如何与自身弱点对抗的故事。如《西游记之大圣归来》（图 5-17）中被压在五行山下五百年的孙悟空心如死灰，江流儿陪伴他重新找回勇气和信心，他最终拯救自我、战胜心魔。《姜子牙》（图 5-18）全片的核心围绕姜子牙如何在“天命”和“初心”的抉择中找回自我。

图 5-17 《西游记之大圣归来》

图 5-18 《姜子牙》

三、冲突的设置与解决

（一）内外冲突的搭配

一部影片一般外部冲突和内部冲突并存。观众对影片的认可往往更侧重于对内部冲突的设置和解决，外部冲突是对角色的内心变化起到增加阻碍、强化影片效果、起铺垫作用的要素。以《西游记之大圣归来》为例，影片中孙悟空对抗内心的颓废建立在一系列外部冲突的基础上，如来佛祖的法印、石头神的阻拦、难缠的山妖、狠毒的混沌，以及江流儿的絮叨、可爱、善良等，都是促使其逐渐完成找回自我目标的催化剂。当外部的冲突达到高潮，内部冲突也最终得以解决。

（二）冲突需要前提

任何的冲突都要设置前提，这不仅可以作为核心情节的开端，也可以作为冲突的导火索吸引观众。《哪吒之魔童降世》中冲突产生的前提是元始天尊炼化混元珠后产生灵珠和魔丸，太乙真人的醉酒误事和申公豹的奸计最终使哪吒成为魔丸转世，也正是因这个大前提，才有了之后各种冲突的可能性（图 5-19）。前提的设置必须经过严谨的论证，不仅应合乎故事发展的逻辑，更需要巧妙且具有延展性。生硬的、俗套的、异想天开的前提也许有一时之效，却不能够持续地被观众所信服，甚至会起到反作用。如被调侃为韩剧三件套的“车祸”“失忆”“治不了”，以及时下网文、漫画和部分动画作品惯用的“兵王归来”“战神回家”“霸道总裁爱上我”“天生超能力”等前提设置方式，在前期代表作品中确实起到了吸引观众的作用，却经不起反复的、无节制的使用。“适合的才是最好的”终归是前提设置的不二法门。

图 5-19 《哪吒之魔童降世》一切冲突都源自元始天尊炼化混元珠后产生的灵珠和魔丸

（三）冲突不代表暴力

从观影习惯和对冲突的理解上，观众很容易产生冲突即身体对抗的印象。但实际上，冲突的类型有很多，语言、心理、文化、家庭、生活习惯、智力水平等都可以成为构成冲突的元素，这也就意味着冲突的双方不一定是绝对对立的，也可以来自朋友、家人、邻居，甚至是周围没有任何交集的普通人。如在日本动画中经常出现的“搬家”“转学”设定，冲突的出现往往由日常生活中的差别和不适应等所引发。

（四）冲突的解决

既然冲突是剧作中的核心，对于冲突的解决结果也决定了故事的结局走向，这本身就是剧本对观众承诺的一部分。一般而言，冲突的解决分为圆满解决和不圆满解决两类。

1. 圆满解决

圆满解决冲突所带来的是大团圆结局。这种结局方式往往可以使主题得到升华，给观众带来精神上的满足和慰藉，并促使他们心满意足地快速从影片世界中抽离。也正因此，这样的结尾是大众喜闻乐见的，圆满解决冲突也成为世界范围内最经典的剧作模式。对于动画作品而言，圆满的结局占了绝大多数。《借东西的小人阿莉埃蒂》（图 5-20）在结尾处阿莉埃蒂一家因被人类发现不得不在同类男孩斯皮勒的帮助下搬家，阿莉埃蒂也面临和翔分开的命运，虽有不舍，却是最圆满的结局。他们隶属不同种族，即使情窦初开，也不会有任何结果。翔因阿莉埃蒂重新唤起生存的勇气，阿莉埃蒂也有了同类男孩的庇护与爱慕。这种结局虽不似其他大团圆结局般热闹，却饱含温情与释然，同属于圆满的解决模式，并比一般的结局更富启迪性。

图 5-20 《借东西的小人阿莉埃蒂》

2. 不圆满解决

并不是所有的故事都是圆满的，尤其在一些作品中，创作者想要表达自己的某些观点并引发观众更多思考时，往往会采用不圆满的冲突解决方式。有的故事看似已经结束，其实留有很大想象空间；有的故事则直接以遗憾或悲情收场。在动画创作中，此类作品一般以面向高年龄段人群为主。如《辉夜姬物语》（图 5-21）改编自日本的神话传说，在故事上做了改写和调整，结尾处竹子被佛祖接走成为月亮公主，这在影片中被渲染得极其悲情。她在人世间的后半生处于父母期望的“幸福”和权贵的抢夺之中，为了摆脱这种痛苦，她寻求了月亮神的帮助，但回到月亮并不是她的本意。她希望能回到乡野间的自由之中，回到花鸟虫鱼和青梅竹马身边，可现实是她无法做到，于是在纠结、不舍和痛苦之间，影片迎来了结局。这个结局不圆满，不符合角色的意愿，也不符合观众的心理预期，但这种不圆满，为观众留下无限的思考空间，让观众思考到底什么才是真正的幸福?

图 5-21 《辉夜姬物语》的悲情式结局升华了影片主题

有编剧认为，除了以上两种冲突解决的方式，还存在一种“没有圆满的解决”模式。这种模式的结局会有一些主要冲突得以解决，但仍会留下一些悬而未决或未被解决的问题，留给观众想象。

第五节　故事的悬念

悬念可以说是吸引观众紧盯作品的另一必备要素，它与观众的欲望和期盼息息相关。简单来讲，悬念就是在故事讲述中故意亮出谜面，但会藏起谜底，并在适当的时候点破一些，以满足观众的期待。任何的故事都可以使用悬念，冒险题材作品、竞赛题材作品，甚至是爱情题材作品都可以设置巧妙的悬念。故事中的任何元素都可以成为设置悬念的工具，背后的主导者、最熟悉的陌生人、某个道具、一处细节，甚至是一个已经暗示了无数次却被一直忽略的事实，这些都是故事讲述中不可或缺的部分。

一、悬念设置和解答的一般规律

悬念的构成具备一定条件，例如：人物命运中潜伏着危机；故事走向存在两种或更多可能性；主角遇到水平相当的对手；主角的行为和性格引发观众的强烈爱憎；揭示出现此结果的原因。

掌握时机是营造悬念必备的技能。合理地控制节奏，娴熟地使用“拖”的手段，让铺垫的内容发挥最大作用，将关键的线索和戏份一点点抛出，营造出一系列的悬念点并给予一定解答或留存，在最后迎来总爆发。

《疯狂动物城》（图 5–22）是近年极为优秀的迪士尼动画作品，其在侦探题材中巧妙地使用了悬念设置和解惑的方式，在“立”与“破”之间不断推进剧情。

图 5–22 《疯狂动物城》

在故事开始，小动物们排练的话剧初步交代了故事的世界观。兔子朱迪当警察的梦想遭到了父母的劝阻和狐狸的挑衅，但她依然充满斗志。**（兔子朱迪到底能否成为警察呢？留下第一个悬念。）**

接着故事发展到十五年之后，朱迪进入警校，但因身体的弱势，她在训练中屡遭失败并受尽歧视。但她凭借毅力通过了各项考核，如愿成为第一位兔子警察，并将到动物城中心第一分局任职。**（第一个悬念得以解开，并留下第二个悬念：朱迪将遇到什么？）**

进入动物城后朱迪住进了环境糟糕的旅店。她初到警察局又遭遇歧视，被安排做交通协管员。在协管交通过程中，她发现了可疑的狐狸尼克并有了初步接触。**（解开了第二个悬念，留下第三个悬念：朱迪和尼克之间会发生什么？）**

朱迪帮助尼克和“儿子”买到了冰棍，却发现他们将冰棍融化后装车，所谓“儿子”也十分可疑。对此，朱迪准备弄个清楚。**（解开了第三个悬念，留下第四个悬念：狐狸尼克到底是什么来头？）**

原来狐狸两人并非父子，而是合伙投机挣钱的混混。狐狸讽刺了朱迪的梦想，并使朱迪陷入低落。**（解开了第四个悬念，留下第五个悬念：朱迪接下来会如何？）**

朱迪在贴罚单时遇到黄鼠狼抢劫事件，并兴奋地追捕，其间，她救了鼩鼱小姐，但成功追捕到抢劫犯后遭到局长擅自离开岗位的斥责。因私自接下水獭失踪案件，朱迪险些被局长解雇。绵羊副市长的及时赶到化解了危机，但朱迪被要求四十八小时内结案，否则她仍将被解雇。**（解开第五个悬念，留下第六个悬念也是全片第一个大悬念：水獭去了哪里？朱迪能否成功呢？此处还留下黄鼠狼抢“嚎叫花”种子的伏笔。）**

朱迪在水獭的照片中发现了和狐狸尼克有关的信息。**（留下第七个悬念：案件和狐狸有关吗？）**

朱迪找狐狸尼克了解信息，经过“威逼利诱”，尼克同意协助朱迪破案。他们找到了瑜伽教练得到了车牌信息，又到车管所得到车子信息，在车子内他们发现了诸多可疑的信息。尼克意识到这是黑帮车辆，他们准备离开时被抓走去见黑帮老大——“大先生”。**（解开第七个悬念，留下第八个悬念：朱迪和尼克会遭遇什么？“大先生”是幕后主使吗？）**

“大先生”原来是一只鼩鼱，尼克因卖过假货给他而结下梁子。“大先生”因朱迪是警察而准备杀掉两人，曾被朱迪救过的鼩鼱女儿及时出现，化解了危机，“大先生”答应帮忙寻找水獭，并提供了司机的信息。**（解开第八个悬念，留下第九个悬念：两人能从司机处能得到什么？）**

司机猎豹的反应十分反常，朱迪认为他和水獭一样“野蛮化”了，但猎豹逃脱，局长仍存有偏见并要没收朱迪警徽，尼克化解危机，两人继续追查案件。狐狸讲出了自己被偏见伤害的经历，并想到交通摄像头可能对破案有帮助。**（解开第九个悬念，留下第十个悬念：两人能否追寻到猎豹的踪迹？此处进一步强化了“偏见”主题，并让观众了解了尼克的行事原因。）**

在绵羊副市长的帮助下，朱迪和尼克通过摄像头发现了猎豹的踪迹，并发现了会“午夜嚎叫”的森林狼。**（解开第十个悬念，留下第十一个悬念：森林狼将猎豹抓去干什么？此处交代了绵羊能作为副市长仅是市长的策略，暗示狮子市长可能有问题，并继续强化了“偏见”主题。）**

两人潜入森林狼总部，在实验室中发现了猎豹司机以及水獭等失踪案的动物，并意外地发现是狮子市长为了自己的声誉将他们关在这里。关键时刻朱迪电话响起，两人被迫从马桶逃脱并报警。**（解开了第六个悬念中水獭的去向和第十一个悬念，证实了对狮子市长的猜测，留下第十二个悬念：接下来事态要怎么发展？）**

狮子市长被抓捕，朱迪成为功臣，但她发表的关于食肉动物“野蛮化”的言论伤害了尼克，两人产生误会，动物城陷入混乱，“偏见”愈演愈烈。**（解开第十二个悬念，第六个悬念中关于朱迪能否成功的小悬念在此时看似已得到解开，留下第十三个悬念：朱迪和尼克是否化解误会？动物野蛮化是因为本能吗？）**

绵羊市长成为新市长，并请朱迪作为警察代言人，朱迪因世界陷入分裂而自责，辞去警察职务回到乡下当农民，她无意间领悟出是一种花导致食肉动物“野蛮化”。朱迪找到尼克求得原谅，并开始继续追查真相。**（解开第十三个悬念，留下第十四个悬念：谁在背后操控这一切？这是全片的第二个大悬念，事情不会如此简单，真相越来**

越近。)

朱迪和尼克找到曾偷“嚎叫花”种子的黄鼠狼，并从他提供的线索中找到公羊道格的“嚎叫花”基地，一番追逐之后两人拿着证据前往警察局。他们遇到绵羊市长，经过一番战斗揭开了绵羊市长的阴谋，狮子市长重获清白，发疯的动物们恢复正常。**（朱迪成功了，彻底解开了第六个悬念和第十四个悬念。影片仍留下最后一个悬念：朱迪和尼克两人最终如何了？）**

偏见消失了，动物城恢复了往日的繁荣，尼克成为第一位狐狸警察，两人一起执勤。**（大团圆结局）**

从《疯狂动物城》设置的悬念可以看到，两个大的悬念支撑了全片的整体架构，而大悬念是在一个个小悬念的推动下才得以解开。实际上，在这些小的悬念中，仍存在诸多更小的悬念，只是快速有了答案。《疯狂动物城》在悬念设置上也再次实践了优秀悬念的设置逻辑：局势发展的疑问—人物关系加入产生转机—最后时间的逼近—解开悬念—新的疑问出现。

二、悬念设置的其他方法

除了以上分析的常见规律，还有很多方法可以营造悬念，吸引观众。

（一）片名

实际上，从片名开始悬念就已经可以发挥作用了。在前面章节我们已经讨论了片名的重要性和一般的起名规则，在这里，可以从悬念的角度去分析片名的作用。下面我们任选几个动画作品的片名感受一下悬念的魅力。

《镇魂街》——这是什么地方？镇的什么魂？谁来镇魂？

《汉化日记》——汉化是什么？翻译吗？

《借东西的小人阿莉埃蒂》——借东西的小人是谁？小人国的故事吗？为什么不是偷东西？借东西干什么？

也许每个人看到片名时会有不同的思考，会问出不同的问题，但毫无疑问的是，一个优秀的片名总可以让观众不自觉地去思考其中传达出来的信息。这些信息初步调动了观众的好奇心，具备了一定的悬疑效果，完成了吸引观众观看作品的第一步。

（二）先出结果，后解惑

在故事的开端就告诉观众结果（或是阶段性结果）是什么，再开始用倒叙的方式一步步解开悬念。

例如俄罗斯电影《花滑女王》（图 5-23）在开篇就交代了主角娜佳在花样滑冰世界

杯中出现失误，让观众十分想知道是什么原因导致了失误，以及失误后角色的命运又如何。接着影片就跳回她的童年，从她的花滑之路开始讲起，一直到世界杯赛场的失误，解开了开篇的疑问，同时又继续讲述失误后的故事走向，最终给予故事圆满结局。

图 5-23 《花滑女王》的倒叙方式起到了更好的吸引作用

再如《昨日青空》（图 5-24）故事的开场就以主角回到老家为引子，交代了主角漫画家的身份，却留下了他为何会回到家乡的悬念，为后面剧情的展开埋下了伏笔。

图 5-24 《昨日青空》用回忆的方式解开了开篇设置的悬念，并与结尾形成完整的叙事闭环

（三）预言式交代

在很多世界观或前情故事较为复杂的作品中，创作者往往会设置一个类似于背景交代的环节，以便观众能够更好地理解接下来的故事。在这个交代的过程中巨大的悬念会留下，创作者会在接下来的剧情中解开悬念，这种在前端就设置悬念的方式与前面的形式较为类似。如《大鱼海棠》（图 5-25）为了能够交代故事角色特殊的族群身份

和整个世界运行的方式，采用老年主角娓娓道来的旁白方式。《大鱼海棠》开篇的旁白分为两部分：一部分是关于生命的哲学思考和点题；另一部分是关于故事背景的阐述。它同时也留下了巨大的悬念：主角椿不是人类，为何对人类讲出这个世界的运行奥秘？她是来到了人间吗？

图 5-25 《大鱼海棠》开篇

还有一种预言式交代是通过“预言家”“先知”“巫师”等角色来制造悬念。比如《功夫熊猫》中的龟仙人就有预知的能力，他预知残豹将会重出江湖，并预告只有“神龙大侠”可以解决危机，为影片留下了大大的悬念。再如《功夫熊猫 2》中的羊仙姑（图 5-26）也有预知未来的能力，她的预言一直在强化一个悬念：能终结沈王爷阴谋的只有熊猫。这时观众就会期待阿宝的再次出现，并期待他用更加特别的方式去摧毁阴谋。此类角色对剧情的构建作用不可低估，是激发观众情绪和期待的要素。

图 5-26 《功夫熊猫 2》中的羊仙姑是反派沈王爷身边的职业预言家

（四）结尾留悬念

结尾处留下新的悬念，成为有续集计划的影片的惯用手段。《西游记之大圣归来》的结尾中并没有给出江流儿还活着的画面，却给了一声“大圣”的声音及孙悟空惊呆的表情。是江流儿复活了吗，还是孙悟空的幻想？观众不得而知，只有期待下一部作品的解惑。在《白蛇：缘起》结尾的彩蛋中小狐狸再次出现，当她坐船来到断桥边，水中出现一个不明身份的角色来问她要“东西”，当小狐狸打开装东西的盒子，闪光照满了屏幕，观众并不知此为何物，也不清楚水中是何人，于是一个可以继续发展的故事已埋下伏笔，如图 5-27 所示。

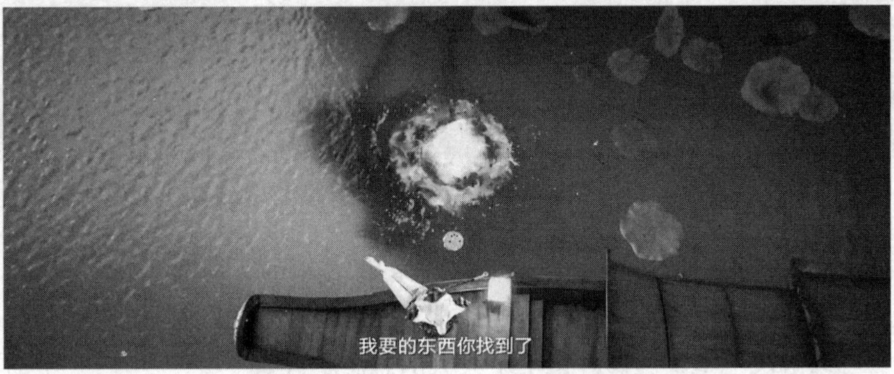

图 5-27 《白蛇：缘起》结尾画面

第六节　故事的反转

反转是文学作品和影视作品中常用的创作手段，合理的反转可以使剧情一波三折，达到出其不意的戏剧效果。反转的关键是两种状态的巧妙转换，这两种状态是矛盾和对立的。优秀的反转应具备两个条件：一是转换顺畅，契合剧情，有利于升华主题；二是符合基本的事物发展规律，可出乎意料，可柳暗花明，可乐极生悲，可扭转乾坤，却不可无中生有、生硬胡编。

反转可根据程度不同分为整体反转和局部反转两大类。

一、整体反转

整体反转也可称为大反转，是把剧情发展方向进行扭转，将对立或矛盾向相反的方向转换，比如弱小者变得强大、沮丧者重拾信心、浪子终于回头等。整体反转可直接掀起作品高潮，力度大，对整部作品的影响力也大。

仍以《疯狂动物城》为例，全片出现的多个可能目标都被一一否定，在结尾的关键处，造成动物“野蛮化”假象的终极幕后黑手竟是看上去毫无杀伤力的绵羊市长，这与她在剧中一直的柔弱形象和食草动物的本性形成了强大的反差，但又在情理之中，并进一步强化了偏见的危险，深化了主题。

《雄狮少年》（图 5-28）第一幕采用了典型的小人物逆袭的故事套路，主角从缺乏自信开始踏上寻找自信之旅。进入第二幕之后，故事却发生了巨大反转。主角的父亲因意外陷入昏迷，母亲带父亲回家，主角为了能够见到父母而努力练习舞狮的愿望以悲情的形式实现。至此，主角失去了继续舞狮的理由和动力，开始南下打工，与师傅和伙伴诀别，承担起生活的重担，影片也从第一幕的热血和戏谑式叙事急转至现实主义叙事。这种转变将作品带到思想上的新高度，对现实和理想的哲学思辨在动画作品中十分难得。就在我们看到主角背负生活的悲苦，离舞狮擂台越来越远时，墙上的训练记录、天台的简易台柱都给我们惊喜：原来阿娟从未放弃自己的梦想，即使现实的悲苦让人窒息。于是，反转又一次来临，在比赛的关键时刻，阿娟终于又回归擂台，并一举赢得最终的胜利，创造了奇迹。若按照热血题材的叙事，到此处剧情应迎来终结或让阿娟走上专业的舞狮之路，但这是一部现实主义作品，并不会止于此。在最后的结尾处，第三次反转出现，阿娟并没有因为比赛的成功改变自己的命运，依然为了生活在工地努力挣钱。但床头上挂着的狮头挂件和三张照片，同样让我们看到舞狮已成为他心中不灭的梦想。他终将会成为如师傅一样的人，当微光再次有机会照亮前路，他仍会义无反顾。正如影片高潮处阿娟的独白：“我阿娟，一定会出人头地，帮家里人争光。如今啊，看不起，放不下，没钱没着落哦。不用担心，日后我有出息了啊，家里人呐，一定会有出头之日。”

图 5-28 《雄狮少年》

再如《你好，李焕英》（图 5-29），该作品是近年国产电影中反转使用十分成功的典型案例。影片的前半段与其他穿越剧没有太大区别，观众情绪一直以穿越回妈妈年轻时候的女儿为主线，按照这种剧情走势结尾剧情可能会出现两种情况：一是大团圆结尾，女儿最终穿越回现实，妈妈醒来，女儿后面犹如重生，取得好成绩，妈妈很高兴；二是悲情结尾，女儿最终穿越回现实，妈妈未能醒来，女儿忏悔并开始努力奋斗，取得好成绩，在妈妈墓前深情诉说。当然，这两种情况都是根据正常编剧走向的假设，影片剧情并没有落入窠臼，而是大胆地采用了反转。原来女儿在穿越之前，妈妈已经穿越回去，并对随后穿越的女儿行动有了清楚的认识，在整个过程中其实都在帮助女儿完成她的目标——让自己高兴。这种终极反转不仅让观众眼前一亮，情绪更是随着女儿的情绪一路飙升，完成了情感共鸣。最关键的是，情节反转展示了母女间的爱，全片主题得以升华。

图 5-29 《你好，李焕英》

二、局部反转

局部反转又可称为小反转。虽然没有大反转对整体剧情起到的决定性作用，局部反转却是营造一波三折的剧情、“抖包袱”、塑造角色必不可少的手段。局部反转的实现方式主要包括改变剧情走向和角色刻画。

《疯狂动物城》中，朱迪和尼克的破案出现了多次剧情反转。在开始实现警察梦的过程中，朱迪的坚韧使她由弱小变为强大，从而有机会成为警察。但在成为警察后的第一天，她就因被歧视成为交通协管员，但也正因为在交通执勤过程中朱迪有机会认识了尼克并接触了大案，其间还有险些被辞退的反转，这些反转都未改变故事的主线发展，而是增加了剧情的吸引力。到真正的破案过程，两人先后遇到了“大先生”、司机猎豹、森林狼、狮子市长，他们却都不是真正的罪犯。对于他们，剧情都有反转解释。也正因这些在剧情上的先抑后扬的设计，使整体剧情充满了张力，吸引力十足。在角色刻画上，影片同样可圈可点：“大先生”是一只体型矮小的鼩鼱；接警员豹子是个爱吃甜甜圈的中年大婶；做事极其缓慢的树懒（图 5-30）开起车来却风驰电掣；温顺的绵羊竟然是大反派。

图 5-30 《疯狂动物城》中的树懒因巨大的行动反差给观众留下了深刻印象

《雄狮少年》从影片的开始就运用了局部反转，比如在开篇水墨画风格画面对舞狮文化和黄飞鸿正式的介绍后，突然来了一句反转：“而我们故事的主角并不是他，而是……”紧接着，主角出场，一个少年却有着女性的名字“阿娟”；当少女阿娟出现，主角阿娟从没自信的病猫心态迈出了勇于尝试的第一步；寻觅的队友身材肥硕却胆小如鼠；教练身怀绝技却每日与咸鱼打交道；师母看似凶狠实则最为温情……这些在影片中随处可见的反转撑起了影片的幽默基调，不仅让人捧腹，更可让人感受背后的力量。在很多时候我们可以从片中看到致敬周星驰电影的影子，卑微的小人物有大大的梦想、表面看到的不一定是真实的、强者和弱者要辩证看待，就如如花（图 5-31）是一个满脸胡子的糙汉、江南四大才子是胸无点墨的风流之辈、看似普通的邻居一个个都是武林高手、戴着金丝眼镜的文员暴力十足、有钱大少爷有智力障碍且单纯等，这些通过反转方式刻画的角色往往可以给观众留下深刻印象，甚至成为经典。这种反转的方式已经成为诸多动画作品的常用配置（图 5-32、图 5-33）。

图 5-31 《唐伯虎点秋香》中的如花

图 5-32 《十万个冷笑话》“金刚芭比哪吒”是片中的知名角色

图 5-33 《哪吒之魔童降世》中的一个村民形象也具有反差感

在一部影片中，反转应被充分设计，并尽可能积蓄反转的能量，创作者应在大的反转上求力度，在小的反转上求次数。整体反转与局部反转的密切配合才能产生最佳剧情效果，有看点，有深度。当然，一切方法的使用都需要控制在合适的范围内，过度使用反转可能带来“一头雾水”和“满脸尴尬”的效果。

思考与练习

1. 选择三部不同类型的动画作品，分析它们的故事主题。

2. 选择一部典型的三幕式结构的动画电影，将其分解为 36 个小单元，详细分析其故事结构。

第六章

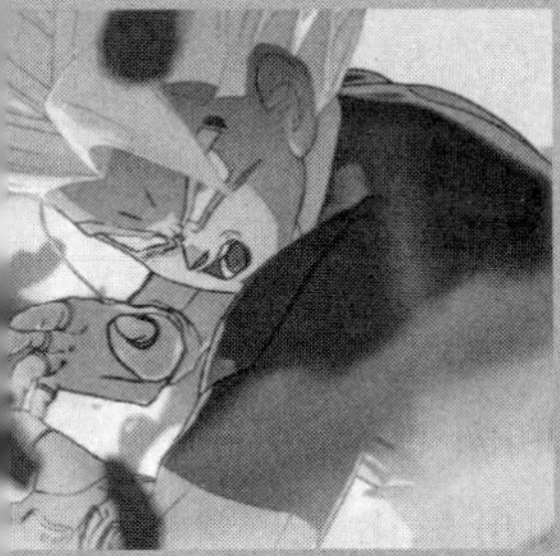

改编与改写

本章知识点

- 改编的定义与历史。
- 改编的优势。
- 改编的困难。
- 改编的基本方法。
- 基于原作的改编。
- 改编与改写。

学习目标

- 了解改编的定义、历史、优势、困难。
- 掌握改编的基本方法。
- 熟悉文学改编、漫画改编、游戏改编的特性。
- 熟悉基于真实改编的基本方法。
- 了解改写的特征和基本方法。

第一节　改编概述

一、改编的定义与历史

《电影艺术词典》和《中外影视大辞典》分别指出，作为编剧方式，电影改编“指运用电影思维，遵循电影艺术的规律和特点，将他种文艺形式的作品再创作为电影剧作的艺术现象”[①]，“是将其他形式的文艺作品改编成电影剧本的艺术创作过程”[②]。两本书都明确了改编应遵循忠实性与创造性相结合的原则，都认同电影改编具有独立品格和特殊审美价值。

多数影视作品改编自文学作品，如小说、传记等，还有一些作品改编自其他形式的文本，如新闻事件、网络热点奇谈、历史传说、名人逸事，甚至已有的电影或电视剧。随着时代的发展，更多类型的文本成为影视作品改编的来源，比如漫画和游戏。

图 6-1　中国第一部电影《定军山》

改编活动由来已久，几乎可以追溯到世界电影的诞生之初。据史料记载，最早的改编自文学作品的电影是 1897 年的《南茜·赛克斯之死》，它改编自小说《雾都孤儿》。中国电影史上的第一部电影——拍摄于 1905 年的《定军山》（图 6-1）则来源于传统戏曲名剧《定军山》，这出戏改编自古典名著《三国演义》中的情节。当然，这些都是非常原始、粗糙的文学改编行为。

文学拥有数千年的悠久历史和底蕴，电影这门年轻的艺术不断从文学中吸取养分，并且直接将文学作品改编后搬上银幕。根据不完全统计，约有 1/3 的现代商业电影取材自文学作品。从第一届奥斯卡评奖开始，改编电影获得奥斯卡最佳影片奖项的占全部获奖电影的 3/4。在百余年的电影发展史中，电影和文学一直相伴而生，互相借鉴，共同成长。

① 许南明，富澜，崔君衍 . 电影艺术词典（修订版）［M］. 北京：中国电影出版社，2005：104.
② 汪流 . 中外影视大辞典［M］. 北京：中国广播电视出版社，2000：102.

二、改编的优势

对于影视创作来说，改编是一个非常重要的创作环节，也是较为可行的写作模式。原文本为制作者、创作者、受众提供了心理预期，为二次创作提供了更多的视角和思路。

改编不但使创作变得相对容易，而且使电影可以借助原文本的水准来提高艺术内涵。更重要的是，电影作为一种商品，改编可以更好地提高盈利预期。电影公司普遍认为，不管是经典文学作品，还是从未被列入标准范畴的通俗文学作品，都是拍摄电影的最优选择。因为这些作品都拥有大量读者群，是未来作品取得成功最基本的条件。

对于观众来说，观看改编作品也是一种很受欢迎的文化消费和观赏方式，比如日本的漫改动画已经成为其创作的主流。《哆啦 A 梦》《海贼王》《七龙珠》（图 6-2）等已成为几代人的童年回忆，且时至今日依然拥有很高的人气。

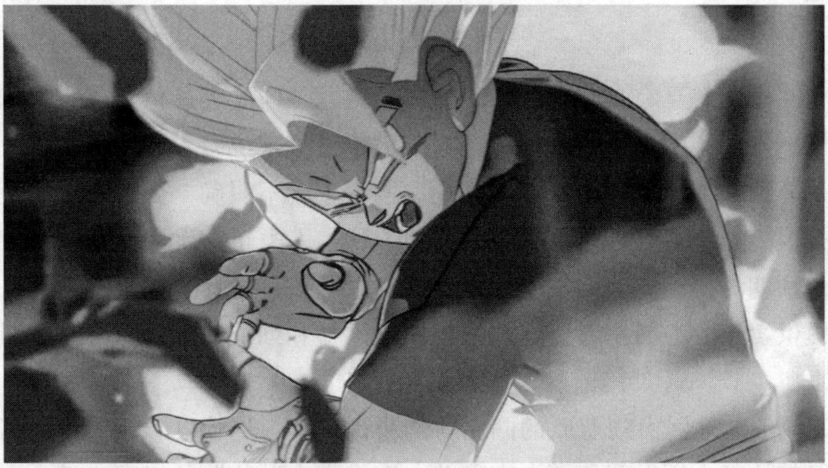

图 6-2 《七龙珠》至今仍有很强的影响力

现在影视作品改编普遍呈现如下特点：

一是原文本的故事都有鲜明特点，并拥有广泛受众。

二是随着原创影视作品的成功，其他各类型媒体产品会随之推出，比如根据文学剧本改编的文学作品、游戏、衍生产品等。

三是越来越多的文学作品作者亲自担任编剧，加强了文学作品与改编作品之间的内在联系。

四是越来越多的其他形式文本，通过多元化媒介形式进行交互。各种题材与素材都可被编剧拿来加以应用和创作，影视、文学作品、新闻事件等都成为文化创作和叙事的素材，带动了原文本的再创作、再推广。

三、改编的困难

改编是戴着三重镣铐的舞蹈。

一是改编受到原文本的形态限制。改编工作在很大程度上是基于原文本的再创作，创作者在原文本基础上筛选有意义、有价值的要素，重新建构可被“观赏”的作品。

二是影视创作有其自身的艺术规律，因此，改编创作也势必受到影视创作规则的限制。

三是受众对原文本先入为主的判断，会导致其对改编作品有较高的预期，这种预期如同一把双刃剑，对改编作品产生不可估量的影响。

四、改编的基本方法

（一）确立主题

在改编工作前，要确立符合主流价值观的主题，即要表达什么。主题的确立是改编者在前期准备工作中最重要的问题。对于创作过程来说，主题是决定剧作走向的判断标准，是统领整个剧本创作的核心理念。剧本主题不明确，受众就无法理解创作者要表达什么。另外，主题必须符合主流价值，代表人类正常发展的基本思想规律，才能给予受众预期的情感体验。在改编中，选择主题就是选择一种表达方式，合适的主题为作品提供卖点，为创作者奠定选择原文本素材和细节的基础，同时也是处理结构和人物的原则。

电影《流浪地球》由刘慈欣的同名科幻小说改编，尽管电影相较于原著省略了诸多情节，但其故事中所强调的“人去哪儿，家也带去哪儿”的故事主旨，引发了具有深厚家园情怀的中国人的共鸣。在同样的灾难面前，中国人选择了不抛弃家园，而是和家园一起流浪，这与西方科幻小说的主题有着明显区别。

（二）寻找适合改编文本的素材

改编要去除不适合影视表现的内容。比如要剔除小说中的大量心理描写，以适合改编文本媒介形式的方式来刻画人物内心。又如，创作者在将一些网络小说改编成电视剧时，为了照顾更广泛的观众，就要删减原小说中某些段落，增加观众更易接受的情节。

纵观以往的现象级国产电视剧，中国观众的审美方式往往呈现质朴的现实主义审美，即日常化审美。在电视剧《三体》（图 6-3）中，观众可以看到创作者将日常化的现实场景与科幻电影所要求的想象力和审美进行有机融合。一方面，该剧的情节空间发生在特殊年代和临近当下，它对 20 世纪六七十年代的北部林场、奥运前夕的首都场景呈现都非常写实，有效唤起了观众对特定年代的共同情感记忆。针对不同时代、不同空间的场景，该剧在日常造型上进行了贴切还原：青年叶文洁被下放的林场阴沉而压抑；作战指挥中心庄重而肃穆；汪淼家明亮又温馨；申玉菲的秘密集会空间则多用景深镜头暗示幽暗的未知气氛。这些场景均符合中国人的审美感知。另一方面，对于剧中展示的物理现象、三体游戏的骇人场景、地外文明唤起的宇宙奇观等，创作者则多使用表现性视听和造型技巧。如汪淼捕捉宇宙闪烁的瞬间，画面呈现的宇宙空间以大面积的深红色、频繁闪烁的光斑与汪淼瞬时崩溃的精神状态形成共振，带给观众极大的视觉冲击。剧集所选用的主题曲和背景音乐也多用电子乐，充满迷茫未知的惶惑感。剧中三体游戏的场景借用虚拟拍摄贴切再现出一个可感知的三体世界，其技术表现也展现出近年国产电视剧特效制作大幅提升的工业技术水平，彰显中国式科幻的实力和魅力。

图 6–3 《三体》电视剧改编中做了很多删减工作

（三）构建戏剧结构

结构是指故事内部的情节、人物、素材等各种元素的排列组合方式，包括对作品的整体布局、对段落的层次安排和对局部构造的内部结构。例如，如何建置作品的情景、冲突，抛出悬念，安排人物出场，构建发展和高潮等，这些问题的解决方式具体在不同的媒介作品中会有不同，但戏剧的整体结构是需要改编者时刻把握的。戏剧结构是作品与观众之间形成的长期欣赏契约，是吸引观众注意力的关键。

（四）取舍人物关系

人物是牵动叙事进行的载体与动力，是叙事的参与者和见证者，也是创作者和观众联结的纽带和共同追求，成功的人物塑造是改编作品成功的重要保证。

在改编中，人物关系的取舍也是最重要的工作之一。影片《滚蛋吧！肿瘤君》（图6-4）编剧袁媛在谈及电影改编创作过程时表示，打破固有类型化创作思维、强化主人公熊顿的人格魅力是改编重点所在。漫画《滚蛋吧！肿瘤君》的故事以日记形式展开，是漫画作者熊顿对人生最后一段时光的记录，这样一个绝症故事的影视改编极易落入煽情、苦难、廉价励志的类型窠臼中。影片创作者对主人公熊顿身上的乐天气质与自嘲精神加以强化，在影片中重现了漫画《滚蛋吧！肿瘤君》的创作过程，熊顿用幽默的方式完成直面病痛的生命书写，美好与残酷、喜剧表达与悲剧内核之间的反差使主人公的抗癌经历对观众产生了强大的感染力。漫画媒介文本的引入打破了电影文本与现实世界之间的第四堵墙，人物设定、类型改造、媒介策略相互契合。

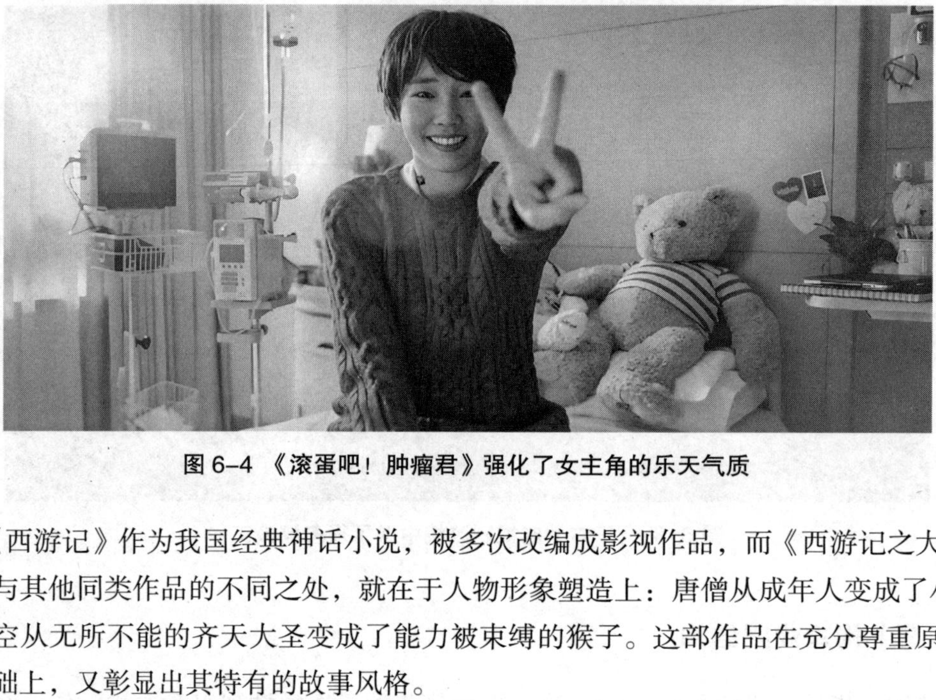

图 6-4 《滚蛋吧！肿瘤君》强化了女主角的乐天气质

《西游记》作为我国经典神话小说，被多次改编成影视作品，而《西游记之大圣归来》与其他同类作品的不同之处，就在于人物形象塑造上：唐僧从成年人变成了小孩，孙悟空从无所不能的齐天大圣变成了能力被束缚的猴子。这部作品在充分尊重原创性的基础上，又彰显出其特有的故事风格。

（五）跨文本改编的技术操作

情节的精彩与否决定一部作品改编的成败，创作者在改编时应对情节谨慎铺排、反复琢磨，以求最大化利用原作文本提供的精彩段落，同时进行有个性的创造和发展。

改编中的对白要传达原作的含义，创作者应将对白从文字中解放出来，转化成可提供多种视听可能性的表达方式。对白是影响改编整体成败的最为关键的元素。

第二节 基于原作的改编

一、文学作品改编

许多令人难忘的经典影片都由小说改编而成。然而，如果原著小说广受欢迎，影视创作者在改编时往往会缩手缩脚，不知改动多少才合适。将小说《飘》改编成电影《乱世佳人》的制片人大卫·O. 塞尔兹尼克就曾说过，观众能够理解一部电影不可能囊括原著中所有内容，也可以原谅一个电影制作者删减一些场景和人物，但绝不能容忍创造新的场景和人物。

《教父》是美国作家马里奥·普佐在 1969 年创作的长篇小说，描述了 1945—1955 年意大利移民柯里昂家族在困境中的挣扎与生存之道。从文学性上看，它绝对算不上一流文学作品。为了吸引读者，普佐毫不避讳低俗的剧情和粗鄙的用词。不过，该作品一问世就大获成功，不但荣登《纽约时报》畅销书榜长达 67 周，而且为普佐赢得了高达 41 万美元的天价版税。知名电影公司派拉蒙早在普佐创作期间就嗅到了商机，以极低的价格买下了这部小说的影视改编权。在图书一夜走红之后，派拉蒙蓄势待发，打算趁着热度把它拍成一部犯罪题材电影。

在选定导演阶段，派拉蒙却频频受挫，不少知名导演拒绝接手。其中一个重要的原因就是原著实在算不上佳作。草草划分的章节、前后跳脱的剧情、哗众取宠的细节等因素都为小说改编成电影增加了难度，大导演们担心拍出的影片口碑不佳，反倒毁了自己的名声。这个艰巨的改编任务最终落在导演弗朗西斯·福特·科波拉手中，最终《教父》（图 6-5）斩获第 45 届奥斯卡金像奖最佳影片、最佳男主角、最佳改编剧本三项大奖。《教父 2》斩获第 47 届奥斯卡金像奖最佳影片、最佳导演、最佳男配角、最佳改编剧本等奖项。

《教父》改编之路命运多舛，但成果如此丰硕，其创作过程成为广大编剧学习的样本，尤其在主题设定、人物塑造和场景营造方面极具代表性。

图 6–5 《教父》成为影史中的改编经典

（一）主题设定

科波拉在原著的叙事背后发现了一个重大的线索，那就是这个黑帮故事有着美国资本主义的隐喻。在这个隐喻下，柯里昂家族的故事变成了一位伟大的“国王”和他的三个儿子继承权力的历史。老大雄心勃勃，但过于鲁莽；老二乖巧温柔，却缺乏智慧；老三集智慧、狡黠与冷酷于一身。如此一来，创作团队将原作的通俗文学水准拔高，剧本从黑帮的逸闻一跃成为象征着美国资本主义的寓言，故事的立意甚至可以比肩古希腊悲剧和莎翁戏剧。父亲和三个儿子的性格特质，后来被马龙 · 白兰度（饰演老教父）、詹姆斯 · 肯恩（饰演老大桑尼）、约翰 · 凯泽尔（饰演老二弗雷多）、阿尔 · 帕西诺（饰演老三迈克尔）四位演员演绎得淋漓尽致。

（二）人物塑造

小说对新老教父为人处世的准则、办事的方法与态度等进行了详细描写。其中，一代教父充分运用自己的智慧使自己在恶劣的环境中生存下来；二代教父本想成为一个模范公民，但在环境压力的影响下他不得不打破自身的道德准则而在夹缝中生存。可以说，作者以一种写实手法来呈现整个故事。在电影改编中，创作者将主角的性格特征、服饰、生活环境用直观的镜头展现出来，为了凸显小说作品中主角的记忆点，创作者又特意进行一定程度的夸张处理，也就是放大主角性格特征的优点与缺点，使人物特征更加鲜明。

（三）场景营造

《教父》还原了原著中 20 世纪 40 年代的社会样貌，这个时期正是二战后美国经济高速发展的时代，这代人对美国的想象是影片的重要组成部分，场景的还原也恰恰对应了“美国资本主义”的隐喻。同时，影片着重塑造了有利于展现角色和影片气质的场景，其中，最为经典的一场戏就是开场戏。一位60多岁、身着礼服的老者情绪激动，正在诉说着什么。不过随着画面逐渐切至全景，我们才知道这个人并不是教父，而是教父的一位老朋友，他正在向教父陈情，请求帮助。影片并没有一上来就让观众直面教父，而是让观众越过老教父的肩头，用他的目光观察这个光线昏暗、气氛凝重的房间里上演的事情，聆听他低沉的嗓音，感受别人对他的敬畏。

二、漫画改编

漫画与影视作品虽属于不同的艺术形式，但有许多相似之处。漫画作品造型生动夸张，故事情节完整，画面衔接连贯，表达内容丰富有趣，是改编动画的宝贵素材。漫画有着诸多的表现形式，最常见的有故事漫画、四格漫画、单幅漫画等，其中故事漫画是改编的主力，也是本节主要针对的内容。

在漫画改编的动画中，角色与原漫画的角色保持统一性同样十分重要。漫画通过人物造型、背景、对白等来表现画面内容，漫画改编成动画后，人物的动作、声音等能更好地塑造人物形象，但要与原作角色的样貌和气质保持一致。同时，对剧本的适当调整尤为重要，要将不利于动画表述的情节进行改动，使影片的故事更完善、顺畅。在改编的过程中，需要特别注意一个基本原则，就是要以漫画作品的故事情节主线为基础，谨慎进行颠覆式改编。在还原原作精髓的基础上，进行一定程度的“动画化”表达，是较为稳妥的做法。

《银魂》为日本漫画家空知英秋所作的长篇连载漫画，不仅在日本很受欢迎，在中国也拥有极高人气，这与《银魂》的动画化不无关系。《银魂》原作风格特色鲜明，具有背景架空、戏仿吐槽和叙事自由等特征。《银魂》的主人公并非成长中的热血少年，而是历尽千帆归于平凡甚至琐碎的青年，它摆脱了一般热血漫画的设定，故而能够从《周刊少年JUMP》的一众少年漫画中脱颖而出。《银魂》动画（图6-6）很好地抓住了原作的精髓，并将原作进行恰当的风格化视听表达，还发展出了许多“原创梗”和新叙事模式，

图6-6 《银魂》动画很好地还原了原作的作品气质

如静止画面、志村新八的开场白等，更加凸显了动画版的特色。

对于一些较为生活化和碎片化的漫画作品，创作者在改编时则需要花费更多的精力去围绕人物关系、情感变化设计出一条清晰的情节主线。再以漫画《滚蛋吧！肿瘤君》为例，其拥有相对完整的情节线索，病发、入院、胸腔穿刺、确诊、化疗、脱发、出院等事件序列为电影构建情节提供了抓手，但各事件十分松散，创作者必须使用电影编剧的工具将它们串起来，使其能够拥有叙事节奏。同时，因为一部电影的容量有限，创作者必须对故事线进行一定的调整，以适合电影的叙事需求。熊顿与梁医生的情感线在《滚蛋吧！肿瘤君》漫画原作中只占了情节的很小一部分比重，在得知梁医生已经娶妻生子后，熊顿单方面的情感幻想便宣告结束。这一“花痴”喜剧情节在电影中被扩展成一条完整的故事线：梁医生因曾经痛失爱人而无法面对与熊顿的感情，随着熊顿病情恶化，梁医生的内心冲突也开始升级。如此一来，熊顿在生命尽头的人生领悟也落在了明确的人物关系与故事线索中。编剧袁媛在访谈中曾提起布莱克·斯奈德节拍表对影片剧作的直接影响，这一相对成熟的类型电影结构范式使得编剧在改编过程中得以按部就班地对情节点进行选取与改造。

还有一个需要特别注意的方面，创作者在将漫画改编成动画时要对原作中不适合或者不宜强调的内容进行适度调整。以《蝙蝠侠：黑暗骑士归来》（图 6–7）为例，动画的最后一个场面与漫画原作的最后一页画面形成了一个微小的交叉式改编。在漫画中，在地上世界“已经死亡”的蝙蝠侠带领自己的帮派在地下准备建立自己的国度，远离地上那个“腐朽不堪”的世界，他是一个彻底的愤世嫉俗者。在动画中，蝙蝠侠在地下重新建立基地是为了继续保护地上哥谭市的民众。这个交叉再次印证了，动画会在改编中削弱漫画中被过度或赤裸裸地表现的保守观点或激进内容。

图 6–7 《蝙蝠侠：黑暗骑士归来》动画结尾对原作内容做了适度调整

三、游戏改编

法国学者雅克·埃诺多年前就在《电子游戏》一书中断言：“电子游戏一直是电影的未来。”影视与游戏的融合早已在各自的商业实践中展开。我们所熟悉的《赛尔号》《洛克王国》《龙之谷》等国产动画电影，以及《魔兽》《愤怒的小鸟》《刺客信条》《银河护卫队》《生化危机 6》《古墓丽影 3》《狂暴巨兽》《无敌破坏王 2》《头号玩家》《大侦探皮卡丘》等国外作品都是“影游联动”的结果。根据游戏的类型，游戏改编主要包含两个大的种类：IP 游戏改编和益智类游戏改编。

（一）IP 游戏改编

腾讯集团副总裁程武认为，所谓 IP，是经过市场验证的用户的情感承载。

IP 的可持续开发向来都是一大难题，新旧观众间的平衡比较微妙。早年间日本将许多大热的游戏 IP 改编成动画作品，如《精灵宝可梦》《命运之夜》《最终幻想》等，这些作品收获了不错的评价。在世界范围内大热的端游改编的真人影视作品，如《魔兽》《刺客信条》《穿越火线》等也取得不错的成绩。

《英雄联盟：双城之战》（图 6-8）是游戏改编动画剧集的里程碑式佳作，被视作“新坐标”。其“IP 宇宙”的建立是一个格外缓慢、慎重的过程，从英雄个人配乐到各个全球总决赛的 MV，创作者通过短期规划、中期规划、长期规划的步步为营，才最终推动了这部动画剧集的成功。在动画中，除了原作《英雄联盟》故事宇宙中所承载的情感和想象空间被传承下来之外，对更符合影视媒介的“故事”和“角色”塑造是其改编的关键所在。

图 6-8 《英雄联盟：双城之战》

首先是搭建牢固的故事世界。《英雄联盟：双城之战》在世界观的铺陈和人物出场的设计上下足功夫，它以精简的短篇体量、与游戏体验相融洽的动画体裁、可单独剥离出来的叙事内容，实现了高度的完整性。

其次是构建了英雄的成长故事。《英雄联盟：双城之战》并未进行盲目的影游融合，它以游戏为基础设置前提和结局，将中间缺失的英雄成长部分补充完整。这种动画联动游戏的方式，可以让作为粉丝的观众在观看时，将动画和游戏在脑海里自行"融合"，其中也包括他们对多种媒介的情感。新的观众能够在动画的带领下轻松进入这个故事宇宙，不会有新手的陌生感和不适感。整个作品唤起创作者和受众对 IP 本身的探索欲、憧憬和热爱，达到了开发 IP 预期的一部分目的。

（二）益智类游戏改编

好莱坞已经摸索出将休闲益智、没有故事情节的电子小游戏改编成商业电影的路径，即建立游戏角色的后台生活，将原本单调重复、无情感的游戏角色变得真实、生动、幽默、有情感，角色在经历各种冒险或坎坷后最终实现了个人理想。如根据 20 世纪 80 年代街机游戏《猩猩拆楼》改编的《狂暴巨兽》，通过建立完整的故事情节，将科幻与动作、动画类型结合，打造出 21 世纪经典好莱坞大片风格。而科幻喜剧电影《像素大战》，则直接将益智类游戏《小蜜蜂》《吃豆人》《大金刚》《大蜈蚣》《俄罗斯方块》等搬上了大银幕，这些像素游戏中的角色变成了外星人入侵地球，影片主人公则与外星人在真实的高楼大厦间、街道上开始了游戏式战斗，游戏中的角色和游戏方式在影片中得到真实的还原。

在动画改编方面，《愤怒的小鸟》（图 6–9）无疑是最具代表性的作品。创作者在改编中通过设置完整的世界观、填充主线剧情、丰满人物关系等举措，实现了游戏与影视的成功跨界。

图 6–9 《愤怒的小鸟》是益智小游戏改编的典型代表

首先，游戏《愤怒的小鸟》的世界观是一片空白，小鸟为何“愤怒”？小鸟与绿猪之间的仇恨从何而来？小鸟为何不会飞？为何要采用弹弓发射这种惨烈的方式来报复绿猪？在电影改编中，创作者对这些问题给出了合理的解释。

其次，游戏《愤怒的小鸟》之所以风靡全球正是因为其易操作性，游戏中玩家仅需要用手指来调整弹弓的角度与力度，来攻击小猪的堡垒，每个关卡耗时不到一分钟。要将这样一款游戏搬上大银幕，编剧必须在保留游戏中基本角色的同时，设定好清晰的、戏剧性的主线剧情，并填充足够的、能始终吸引观众注意力的细节，使其能够支撑起一个半小时左右的传统商业电影篇幅。电影仍以“攻—守”为基本的冲突核心，并为冲突的发生填充了必要的因果与波折。同时，在“大因果”之外，电影剧情又加入了胖红成长的“小因果”，即支线剧情，使得全片更加完善和有深度。

最后，在《愤怒的小鸟》游戏中，尽管只有小鸟与绿猪两个阵营，但是鸟与猪的种类不少，有着不一样的外形和技能，这些元素都能够直接为电影所用，使电影需要的温情、幽默等效果得以表现。同时，在美式动画电影中，小人物的勇气与团结往往是被置于偶像式英雄之上的，英雄的幻象是要被打破的，《愤怒的小鸟》也贯彻了这一点。基于这两个要素，电影着重塑造了胖红、飞镖黄、炸弹黑三个主要角色，加入了象征着精神领袖的无敌神鹰角色，三个主要角色与各式群众角色、反派角色一起构成了丰富的角色世界。

第三节　基于真实的改编

一、如何组织结构

传记片和那些涉及特定历史事件的影片，被认为是另一种形式的改编电影。当电影创作者决定为真实的人物拍摄传记片时，一定会发现该对象的生活是凌乱无序的片段，而不是跌宕起伏的戏剧情节。真实的生活素材既包含许多平淡无奇的琐事，又包含一些戏剧冲突强烈的大事件。编剧的主要贡献就是发现人物生活中最重要的元素，并且尽可能地把它们以最有力的方式组合起来。数个主要段落构成整体构架，其中每一个段落都是人物经历中有重要命运转变和性格成长的阶段。这并不亚于发明新的人物、新的场景，因为它仍然依靠创造力。

二、如何开始

如果一个真实人物重要到值得为他拍一部电影，观众显然已经知道了故事的终点，那么主要问题是选择故事从哪里开始。在选择的部分，创作者更具有创造性，因为这决定了究竟要展示多少伟大的不可或缺的中间部分。

比如，电影《阿拉伯的劳伦斯》（图 6-10）的序幕事件就是主人公的死亡，这也是很多传记片青睐的开场方式。主人公生平的闪回始于劳伦斯抵达埃及，终于劳伦斯离开大马士革。三个小时的电影，实际上只涵盖了劳伦斯一年半的人生经历。

图 6-10 《阿拉伯的劳伦斯》入选“50 部最伟大的史诗电影”

再如《甘地传》的开头和结尾都是甘地之死，但当不可或缺的闪回开始时，我们看到的甘地是一位年轻律师，在此之前他的故事和随后一段日子发生了什么并没有那么重要。

三、如何呈现人物

几乎所有人物传记片的基本前提都是影片主角能够掌控自己的人生，能够对发生在自己身上的一切负责。

在创作电影的过程中，真实生活总要经过结构、组织，目的就是让观众确定电影的主题是主人公主宰人生，而不是服从命运。比如，在许多关于作曲家、歌唱家、指挥家的传记片中，都包含片中主人公寻找特有的“声响”的历程；关于作家的传记片，包含寻找他们特有的“表达”的历程；关于画家的传记片，就要呈现其特有的“视觉”的历程；关于政治人物的传记片，就要呈现他们特有的“使命”。

《埃及王子》(图 6–11)是一部极其严肃的动画片，电影中对于原故事唯一的大修改就是把摩西和法老的关系设定为兄弟，虽然有些不合理的成分，但使得摩西从单纯的救世主变成一个“人”——一个先实现了自我拯救的人。他放弃了王子生活、放弃了与法老的兄弟情谊，可以从上帝视角审视世间价值，也会为自己的情感辗转反侧，这样的处理使得该人物形象显得丰满。

图 6–11 《埃及王子》中的摩西呈现了更多人类情感色彩

第四节 改写

“改编”和“改写”看似相同，实则存在一定差异。前者突出“编”，后者突出“写”。“编”虽然也有“编造、虚构”的意思，但核心意思是“编辑”，强调对现成材料的筛选和编排；“写”的核心意思是“写作、创作”，更加强调独创性。原著和改编实际上是一种主从关系、源流关系。一旦新文本跨越甚至颠覆了这种关系，就是改写的范畴了。

改写的方式亦庄亦谐，并无定规，或“得形变神”，或“形神皆变”。可严肃式改写，从原作中非戏说地取材，延伸、演绎、创造，如《罗生门》《东邪西毒》《活着》等；可戏说式改写，如《大话西游》《东成西就》《唐伯虎点秋香》等。

黑泽明的《罗生门》(图 6–12)是“得形变神”、严肃式改写的典型。小说原作含蓄地表达了对人性的怀疑和失望，最终指向虚无，读来让人悲观、绝望。影片借《罗生门》的象征背景同时借鉴《筱竹丛中》的故事框架，在展示人性之恶外，更增添人类的反省、人性之善的终极关怀，最终指向了不乏温情的可知论。“形神皆变”的严肃式改写典型莫过于张艺谋的《活着》。余华的同名小说不无宿命色彩，父母双亡，儿子血被抽干而夭折，妻子病死，女儿难产死，女婿工伤死，外孙被噎死……死亡与苦难接踵而至，福贵却依然活着，生之坚韧呈现了“活着”的荒诞悲剧。电影挣脱了小说的羁绊，改变多人命运，让他的妻子、女婿和外孙活了下来，三代同堂，一家团圆，增添了诸多亮色，改写的尺度可谓大矣，却没有影响它成为一部经典作品。

图 6–12 《罗生门》

戏说式改写最能体现不羁的另类风格。《大话西游》(图 6–13) 掀起的“大话风”作品、《戏说乾隆》掀起的“戏说风”完全是对原作颠覆性的借用，充满调侃、消解、狂欢之味。有些作品甚至只借用人名，其余一切皆戏说乃至“胡说”。受后现代主义文化影响，越来越多的人以一种非理性的、随意的、自由嬉戏的态度对待事物，自贬与嘲弄、戏谑与反讽成为很多作品的主调，大众逐渐形成娱乐至死般的特定游戏心理和需求，戏说式改写大有愈演愈烈之势。

图 6–13《大话西游》

近些年，掀起国产动画热潮的《西游记之大圣归来》《哪吒之魔童降世》《姜子牙》《白蛇：缘起》（图 6-14），都属于“改写”的范畴，它们对神话、传说进行了新的创造，讲了一个与原来神话、传说相关的新的故事，这个故事却不曾发生在原来的神话、传说中。分析这些作品，可以得到一些共性的“改写”策略。

图 6-14 《西游记之大圣归来》《哪吒之魔童降世》《姜子牙》《白蛇：缘起》

第一，塑造另类英雄。在角色塑造方面，无论是从神到人、从远古到现代、从虚幻天界到现实社会、从神圣和庄严的存在到普通的日常生活，几部作品都在塑造有血有肉的“人”，这些角色与以往神话传说中供观众膜拜的大神和英雄完全不同。《哪吒之魔童降世》的经典台词“我命由我不由天”和《姜子牙》的“不救一人，何以救苍生”，都旨在描绘一个脱胎于古典神话，但在行为理念上贴合现代人的另类英雄形象。神话中的神明不再是完美无瑕的，而是有缺点、有血有肉、富有情感的“人”。《西游记之大圣归来》表现了孙悟空被五行山压了五百年后的一段心路历程——从失败的沮丧到受挫的消沉，再到战胜自我、重整旗鼓、东山再起、英雄归来。少了神仙的高高在上，多了凡人的万千情感。

当然也有失败的案例。现代观众大多可以接受有缺点的故事主人公，但对有道德和道义瑕疵的主角缺少共鸣。如《大鱼海棠》中少女椿为了拯救鲲而不惜一切，却无视和利用了少年湫的爱意，故事并未呈现出大团圆结局或者具有崇高意义的悲剧，反而强化后者单恋前者的悲情，令主角的道德产生瑕疵。又如，《姜子牙》中被姜子牙忤逆的师尊后来被证明是错误的，后者却被凭空出现的更高一级的元始天尊所惩戒，这一机械的降神式剧情安排弱化和模糊了关于道德的深层次讨论，使得人物的审美观感大打折扣。

第二，主题引发共鸣。对于任何类型作品的题材处理，创作者都需要具有现代意识、国际视野和人类共同价值观，如此作品才能符合受众预期的情感体验。在《西游记之大圣归来》的故事中，曾经叛逆、蔑视权威的孙悟空大闹天宫，只是为了给曾经轻视他的天庭一个教训，这个时期的孙悟空仿佛一个轻佻、叛逆的青春期少年，渴望着他人的关注。但当孙悟空从五指山下出来时，他颓废厌世，俨然是中年危机的状态。随着剧情的发展，和江流儿的相处逐渐让孙悟空的内心产生了温情，最终他身上的巨大力量觉醒，也完成了成长主题的呈现，让当下的观众产生了情感共鸣。《姜子牙》也没有重复《封神演义》妖狐乱纣的情节，而是讲述天神平定妖狐乱纣之后的故事，这也是过往相关题材的小说、戏剧、影视都没有涉足的领域。平定妖狐乱纣之后的故事，是要对妖狐何以乱纣进行反思，从而引出一个涉及“天下苍生福祸”的大案，围绕大案扑朔迷离的真相又讨论了天下苍生与个体生命的关系，表现了对个体生命的关注，并提出了社会秩序的公平、公正性的问题。

第三，符合经典叙事逻辑。塑造动画英雄往往需要一个古典式英雄人物来建立起他所处的虚构世界的根基，再在续作或者结尾处对故事进行具有升华性质的解构。如漫威的超级英雄电影系列就秉承了这样的逻辑，漫威为每一位超级英雄按照开端、发展、高潮、结尾的传统叙事模式打造独立的故事，之后才会有《复仇者联盟》，才会有随着剧情发展对超级英雄自身的解构。以上中国传统神话故事的改写也建立在此经典的叙事逻辑上，并具备了继续构建新故事的基础。

思考与练习

1. 选择一部由文学作品改编的动画作品，分析其具体改编方法。
2. 选择一部漫画作品，尝试将其中的部分内容改编成一集时长10分钟左右的动画作品，撰写详细的剧本大纲。

第七章

商业动画剧本的创作规律

本章知识点

- 低龄向动画单元剧。
- 青少年向动画连续剧。
- 合家欢动画电影。

学习目标

- 掌握低龄向动画单元剧创作的基本规律。
- 掌握青少年向动画连续剧创作的基本规律。
- 掌握合家欢动画电影创作的基本规律。

本章将简要介绍商业动画剧本的创作规律。鉴于篇幅有限，为了让内容更具针对性和实践指导价值，本章遵从由易到难的顺序，重点分析和提炼低龄向动画单元剧、青少年向动画连续剧、合家欢动画电影三种较有代表性的剧本类型的创作技巧。当前流行的动画短视频放在第八章讲述。

第一节　低龄向动画单元剧

所谓单元剧，就是由相对独立的单元构成的电视剧，每一集或每部分剧集可以独立成章，具有独立性强、故事丰富多样、作品转型灵活、故事简单易懂、故事线索明确等特点。单元剧在真人剧中多在情景喜剧中出现，如大家熟悉的《生活大爆炸》《我爱我家》《家有儿女》《炊事班的故事》《武林外传》等。另有一些悬疑、犯罪题材剧集每集侦破一个案件，一些根据章回体小说改编的剧集每集说一个故事，都属于该范畴。

儿童正处于对世界充满好奇的求知阶段，但由于认知能力和媒介信息转码能力仍然有限，单元剧形式的动画作品恰恰符合他们的需求。因此，在商业动画领域中，面向低龄段孩子的作品多以单元剧的形式出现。当然，单元剧的缺陷也十分明显，比如故事情节单一、故事规模较小、细节内涵不够丰富、故事连续性较低、故事主题不够集中等。在面向更高年龄段观众的作品中，单元剧的比例会呈现明显下降趋势，更多的作品是以连续剧的形式出现。本节重点探讨的是面向3—9岁年龄段观众的动画单元剧。

一、低龄向动画单元剧的基本规律

低龄向动画单元剧既有单元剧的共同特征，又有其独特之处，主要可以归纳为以下几点。

（一）共用世界观和人物关系

尽管单元剧可以每集讲述一个独立的故事，但仍需遵循所有的故事都是在相同的世界观中且由相同的角色完成的基本逻辑，这是保证观众理解剧情和持续追剧的核心要素。基于此，剧本在世界观和人物关系的构建上遵循一些规律。

1. 世界观

世界观的设定必须能够支撑所有剧集的故事，无论是26集、52集还是更长的多季内容。世界观通常以现实世界为参照，分成两大类。

第一类世界观是所有的逻辑都与真实世界类似，遵循现实的一般规则。这一类世界观又可以根据角色设置的不同分为几个小类：一是人类是这个世界中的主角，人与人之间的相处方式或正常或夸张，如《睡衣小英雄》《奇迹少女》等；二是角色全部为动物（物品），没有人类出现，如《萌鸡小队》《小猪佩奇》等；三是人和动物（物品）同时存在，并能够相互沟通和相处，如《汪汪队立大功》《熊熊乐园》等；四是动物（物品）是主角，人类虽存在，但属于边缘化、背景化、单一化的角色，甚至动物（物品）故意躲避人类，如《猫和老鼠》《彩虹宝宝》等。

第二类世界观的逻辑与真实世界的逻辑不同，包括童话、神话、奇幻、科幻等类型。在这个世界中，会有一套可以自圆其说的规则和层次不同的差异化设定。上一类世界观中的角色设置规则同样可以适用于此类世界观。例如，在《超迷你战士第六季：史前大冒险》（图 7-1）中，时间追溯到原始时代，原始人正遭遇各种烦恼，这些烦恼是由负能量所化作的烦恼精灵造成的。女娲先知创造出了充满正能量的“超迷你战士”——迷你勇和迷你萌，他们开始了以打败烦恼精灵为目标的史前大冒险。

图 7-1 《超迷你战士第六季：史前大冒险》

2. 人物关系

人物关系是单元剧推进剧情的永动机，低龄动画作品的人物关系较为单一，主要包含陪伴关系（亲人、同伴）和对抗关系（反派、对手）两大类。

在日常类动画中，人物以陪伴关系的角色为主，所面临的事件多是处理生活中遇到的各种困难，因此，并不一定有反派和领导型角色，而在任务类作品中，大部分情况下都会设置这两类角色。如《小猪佩奇》《布鲁伊》《瑞奇宝宝》《嗨！道奇》《萌鸡小队》（图 7-2）等动画，以家庭成员或幼儿园伙伴为主的角色设置中不存在反派，作品中的多个角色也并没有严格意义上的领导者，创作者通过充分挖掘每个角色身上的特征来设定故事。《开心宝贝》《小马宝莉》《海底小纵队》《汪汪队立大功》《舒克贝塔》(图 7-3)等冒险、救援题材作品中不仅会设置不同的反派，正反两派中也多会有更具领导特质的角色。

图 7-2 《萌鸡小队》

图 7-3 《舒克贝塔》

(二)日常类和任务类是常见题材

低龄向动画单元剧要充分考虑小观众的成长阶段，在题材选择上以他们易于理解和符合他们的精神需求为主。在家庭、学校等生活场景中发生的日常趣事，以及在多元的现实世界、奇特的幻想世界等场景中发生的目标性强的故事，都受到低龄段孩子的普遍喜爱。

1. 日常类

日常类作品主要面向3—6岁的幼儿园阶段孩子，通过呈现主人公与周围亲人、朋友的日常琐事，让小观众感受到生活的快乐和与他人的相处之道，同时还可以结合知识传授、科普等内容提高孩子的认知水平。

在风格上，日常类作品一定要突出轻松愉悦的喜剧效果，一般不会有强烈的冲突，即使有冲突主要人物也能够轻松化解。例如，在《布鲁伊》第二季第一集（图7-4）中，妹妹因为性格温顺而不停地迁就妈妈、爸爸和哥哥，最终导致情绪低落。为了弥补错误并安抚妹妹，其他三人一起陪妹妹完成了在众人面前跳舞的挑战，一家人最终欢乐如初。

图7-4 《布鲁伊》第二季第一集

在角色设置上，日常类作品一般会有4—6个性格不同的核心角色，基本能够涵盖孩子们在现实生活中遇到的各色人物特征。

2. 任务类

任务类作品涵盖范围更为广泛，只要是以完成一个目标为主要叙事目的的作品都可以归入此类，最常见的作品主要有救援类、探险类、侦探类、竞技类、战斗类等类型。

（1）救援类

救援类作品是其中最受欢迎也是作品规模最大的类型，适合3—9岁小观众的此类作品在主流平台上长时间位于观看热度前列。例如，《汪汪队立大功》《超级飞侠》《海底小纵队》《百变校巴》《无敌鹿战队》（图7-5）等作品都属于此类。与真人的超级英雄不同，低龄动画中的救援角色多采用群体形式出现，他们有团队精神，乐于助人，不畏艰险，永不放弃。每个队员都有自己的独特能力，团队领袖并非必备角色。同时，救援题材具有良好的全性别适用特性，因此，主角团队中通常有女性队员，她们和男性队员一起发挥重要作用。剧情可以展现队员与反派角色的对抗，也可以是队员们共同应对某种危机。

图 7–5 《无敌鹿战队》

（2）探险类

探险题材适用于各年龄段的动画作品，未知带来的心理期待和环境差异带来的心理冲击，为剧本创作提供先天的优势。低龄段探险作品仍以群体角色为主，2—4 个主角是常见设置。例如，在《熊出没之探险日记》中，除了熊大、熊二、光头强，还加入了人类角色赵琳，形成了两熊两人的搭配;《淘淘又迟到》《舒克贝塔》《狐桃桃和老神仙》(图 7–6）等作品则都采用双主角设置。在群体角色中，应注意不同角色的性格差异，同时注意性别的搭配。类似于《舒克贝塔》的双男主设计并不是主流。单主角设定在探险作品中也占有一定比例，缺少了多角色的丰富度，唯一的主角一定要有吸引人的特质，如《百变马丁》的主角具备变身的特殊能力,《小狼乐宾》的主角可以穿梭于不同的童话世界，并可化身为各故事的主角。

图 7–6 《狐桃桃和老神仙》

（3）侦探类

侦探题材是近年来低龄段动画作品中逐渐增多的类型，与成人侦探作品类似，此类作品一般会以1—2个核心角色作为破案的灵魂人物，大部分情况下还会同时搭配1—3个辅助角色。侦探故事重在解谜的过程，面向儿童的故事遵循“曲折但不烧脑”的原则，通常降低案件破解的难度以便于理解。例如，《安全警长啦咘啦哆》（图7–7）中，破案仅依靠一个较容易得到的线索，过程中设置一次障碍，案件就被轻松破解。难度稍高的作品如《动物神探队》《神探四豆星》会在有效线索出现之前设置2—3个障碍（误会），主角在线索引导下突破2—3个障碍，最终圆满地破案。

图7–7 《安全警长啦咘啦哆》

（4）竞技类

竞技题材同样是常青题材，多以体育赛事和益智类游戏为主。竞技类作品常因剧情的环环相扣，多以多集单元剧的形式出现，会根据不同的晋级阶段设置一个相对大的单元，故事的丰富度介于单集单元剧和连续剧之间，面向的观众层次也以高阶的7—9岁儿童为主。此类作品主要体现竞技精神，角色阵营分布明显，突出热血、团队、友情等要素，《猪猪侠之竞速小英雄》《喜羊羊与灰太狼之筐出未来》（图7–8）等都是不错的作品。

图 7-8 《喜羊羊与灰太狼之筐出未来》

（5）战斗类

战斗题材实际上可以融入以上多种类型之中，但也可以将主要突出武力对抗的作品归入这个大类。战斗类作品一般会有一套完整的战斗体系或规则，角色设置也多以机器人、机甲、奇幻生物等为主，并通过变身、魔法、特异功能等元素强化战斗的精彩程度。《巨神战击队之轨道先锋》《钶龙战记》《铠甲勇士》（图 7-9）等都属于此类，特摄片《奥特曼》可谓战斗类作品的代表。同时，由于此类作品的角色更易于后续的模型、玩具等衍生品的开发，创作者在剧本创作阶段需要进行充分的市场考察。

图 7-9 《铠甲勇士》

从细分年龄段的题材选择来看，3—6 岁的学龄前期幼儿更倾向于突出轻松、探索、杂耍等特质的日常类、探险类、救援类作品；7—9 岁的小学低年级儿童则对突出紧张感、刺激性的救援类、侦探类、竞技类、战斗类作品更加青睐。另外，将知识或者道理融入相关题材作品的过程中是任务类作品普遍的做法，先设定好每一集要讲授的知识点，然后围绕其开展剧本创作是有用且高效的手段。

（三）高频角色幻想特质明显

除了常见的人和动物之外，低龄向动画单元剧中出现最多的是充满幻想色彩的角色，甚至可以说一些物体都可以被塑造得有生命力，其中以交通工具、机器人、恐龙占比最高。交通工具以汽车、火车、工程车为主；机器人以可爱形态的小型机器人和机甲形态的大型机器人为主；恐龙角色的形态则各有千秋。同时，将这三种元素进行有机组合也是诸多作品的选择，如将恐龙和汽车相结合的《心奇爆龙战车》系列，将汽车和机器人相结合的《神奇的朋友 4_ 咖宝车神》（图 7-10）等。

（四）故事主线不是必备选项

是否有故事主线关系到剧情设计的整体走向，低龄向动画单元剧的故事主线设置会依据题材类型的不同而分为三种情况。一是完全没有主线，剧情只关注每一集的完整性，无须考虑整体故事的串联，主要见于《小猪佩奇》等日常类作品或缺少主要对手的救援类作品和探险类作品，如《超级飞侠》《淘淘又迟到》（图 7-11）；二是有弱主线，故事有大的目标，但每一集之间的关联并不是特别紧密，一般主线一季一换。例如，《超迷你战士》系列每季的故事主线都是迷你战士打败烦恼星人，但每一集的故事又是较为独立的；三是主线较明确，多见于目标性明确的探险、竞技、侦探等题材，不过这类题材作品以连续剧形式出现，在单元剧中的占比并不是特别大。

图 7-10 《神奇的朋友 4_ 咖宝车神》

图 7-11 《淘淘又迟到》

（五）人物没有成长曲线

单元剧因为每集承载的故事体量有限，不具备角色成长的基本条件。同时，由于低龄向动画单元剧的小观众接收信息的能力不足，决定了此类作品中的人物并不会像我们前面所讲的动画电影中的人物那样具备“人物弧光”，而是普遍以扁平化状态存在：正义的人永远正义，善良的人永远善良。例如，《喜羊羊与灰太狼》中的灰太狼永远倒霉，喜羊羊则始终保持聪慧的特征；《小狼乐宾》中虽然每一集乐宾都会因为自己的性格缺陷而犯下错误，但从未见其真正改变。不过，仍要特别注意的是，低龄动画中没有真正的恶人，所谓反派人物，可以理解为调皮捣蛋、恶作剧的孩童。

（六）务必注意绿色、安全、宽容

儿童动画片首先要保证的是绿色和安全，创作者应充分认识到作品的影响力和敏感性，在题材、角色设计、语言、动作、场景、道具等各方面杜绝出现暴力血腥、低俗色情、性暗示、政治影射、崇洋媚外、知识错误、文化混乱、背离社会主义核心价值观、容易引发儿童危险模仿的元素。其中，尤其要重点注意的是暴力元素的处理。因为作品的很多情节会涉及对抗式处理，一旦处理不当就可能会触碰崇尚暴力的红线。在日常类作品中，创作者应尽量使用其他方式替代肢体对抗，无法规避对抗的战斗类、冒险类等题材要遵循“对抗游戏化、尺度合理化”的原则。同时，要允许故事中的角色犯错误，不过度苛责，通过相对轻松的方式处理错误，让小观众认识到错误并明白道理。对反派的处理同样要点到为止，不去深入追究和一棒子打死，要留有余地和后续故事空间。

二、低龄向动画单元剧解析——以《小狼乐宾》为例

在实际项目中，创作者必须形成顺畅的写作流程，并做到对每一步规律的有效总结，这样才能形成可观的效率，提高作品的质量。本小节以《小狼乐宾 2》（图 7-12）第一集为案例，以反推的方式尝试梳理从构思到剧本实施的流程与规律。

《小狼乐宾》是一部以旁白讲绘本的动画系列剧，主要面向 3—6 岁的儿童。片中的旁白先生扮演着家长或年长者的身份，引导故事走向并与主角乐宾互动。乐宾是一只聪明的小狼，他梦想成为童话故事里的英雄，每一集故事都会进入不同的童话世界，化身为故事的主人公开始一段奇妙的旅程。小狼乐宾的设定有着该阶段孩子的典型特征，他活泼、善良、对世界充满好奇、富有冒险精神，但也有着粗心大意、耍小聪明、自以为是、畏惧困难等弱点。作品旨在通过乐宾因缺点遭遇难关，又因改掉缺点最终成功的有趣经历，教育小朋友如何正视挫折、化解困难，以及如何在失败中吸取教训，

从而更勇敢地面向未来，在寓教于乐中培养孩子的自信品格。

图 7-12 《小狼乐宾 2》

（一）理清基本情况

想要编一个故事，首先需要把故事中的基本情况梳理清楚，也就是通过策划搭建出基本框架，其中主要包括世界观和角色设置。

1. 世界观

《小狼乐宾 2》第一集遵循该系列的基本逻辑——对经典的童话故事进行创新改编。这一集以西方童话中“王子拯救被恶龙抓走的公主”故事为背景，改变原有的爱情属性，突出冒险特质。于是，故事去掉王子的角色，强化公主的英勇，将其由被救者改为施救者，救谁呢？守卫王国的骑士是最佳人选。同时，因为是童话，所以故事逻辑中要加入魔法元素，女巫可以发挥这方面的作用。如此一来，“公主救骑士”的基本世界观被确立下来，小狼乐宾要化身为勇敢的公主。

2. 角色

这集动画中会有几个角色呢？公主、骑士、女巫、恶龙，再加上化身为公主的小狼乐宾。

（二）具体完善过程

有了以上的基础，创作者开始分析剧本的具体实施，可以从五个方面逐渐丰富和完善，分别是确立故事主题和类型、故事结构切分、完善情节、丰富细节、优化完成。另外，很重要的是，在整个过程中，要以一定的规则来衡量故事是否达到要求。

在前面的章节我们也讲到了一些讲故事的模式，在此处套用被广泛用于故事写作的“LOCK”模板，并结合本作品的调性检查故事要素是否完备，即主角（leader）是否有魅力、目标（objective）是否明确、对抗（confrontation）是否精彩、结尾（knockout）是否巧妙。

1. 确立故事主题和类型

故事主题决定了具体的情节设置，主题的确立则需要结合全作的整体策划，本集以“善于发现自己的长处”为主题，结合救援题材展开剧情。

2. 故事结构切分

在世界观基础上，将故事按照起承转合划分为四部分，由于刚搭建框架，每部分的内容还十分粗略，同时将一些思考标注在括号内。

开端：龙吃掉了骑士，小狼乐宾化身为公主前去营救。（因为是童话，所以被吃掉并不意味着死亡。为什么骑士会被吃掉？为什么是公主去营救？小狼用什么方法去营救？）

发展：小狼乐宾犯错导致营救失败。（犯了什么错？）

转折：小狼乐宾领悟道理，营救成功。（如何激发小狼乐宾发现自己的长处？）

结局：一个巧妙的结局。（仅仅骑士被救回王国会不会太普通？）

3. 完善情节

结构切分完后，创作者开始逐一丰富剧情，重点回答括号内的疑问。有几处是需要重点考虑的。首先，开端部分需要解释为何是公主去执行任务。为什么骑士会被恶龙吃掉？一个可能是恶龙很强大，另一个可能是骑士太弱。为什么这么弱？生病了？太瘦？太老？如果是生病，就需要解释生了什么病，并要交代如何解决看病的问题，徒增支线，且有可能会引导故事走向另外的方向。如果是骑士太瘦，同样会存在这些问题。这样就剩下“太老”的选项，因为老是不可逆转的，要解决的方法也相对会比较单一，那就是从工作岗位退休，由年轻人接替。年轻人为何没有提前接替老骑士呢？可设置为年轻人中没有合适人选。同样的年龄原因也可以附加到女巫身上，因为年迈的她也无法去拯救骑士。如此一来，也能给予公主亲自去营救的合理解释，为故事在核心冲突之外增加层次，并可以在解决核心冲突之后留下巧妙处理的空间。其次，发展阶段小狼营救失败，可以考虑是魔法石出了问题，结合小狼的性格，设计为随意把玩魔法石导致其坏掉，这也导致在与恶龙对战时小狼无法变身为大型动物。再次，转折部分要为激发小狼的智慧增加一个角色，并且这个角色要足够小。最后，结尾要设置得巧妙，创作者就需要全盘考虑如何才是最圆满的结局。自然是年迈的骑士们有了新的接班人，接任者是谁呢？最戏剧性的设定是恶龙！可以设定为其实恶龙并不恶，一切都是误会，误会解除，故事结束。如此结尾不仅有着大团圆的结局，也进一步颠覆了原有故事架构。

经过通盘考量和设计，整体故事已经较为完善，起承转合关系已基本理顺，呈现如下。

开端：王国里想要退休的骑士一直没找到合适的接班人，恶龙来袭，骑士因年老体弱被恶龙吃掉，同样年迈的女巫也无法前去营救，任务落在了公主的头上。女巫送给公主一个可以随意变身的魔法石，小狼乐宾被魔法石所吸引，请求化身为公主前去执行营救任务。

发展：小狼乐宾在寻找恶龙的路上把玩魔法石，不小心将魔法石摔坏，但他并未察觉。小狼来到恶龙的巢穴，发现无法变身为大型动物，只能变身为弱小的动物，无法战胜恶龙，因此感到很沮丧。

转折：在沮丧之际，小狼发现一只蜜蜂就能把恶龙逗得团团转，领悟到再小的动物也有自己的长处。于是，他充分发挥变身成小动物的优势，战胜了恶龙，解救了骑士。

结局：恶龙想接替年迈的骑士成为王国新的骑士，并说服了公主答应。老骑士终于可以安心地退休了。

4. 丰富细节

有了基本完善的故事，要进一步检查剧本细节有无丰富的可能，重点考虑动画性、趣味感。首先，在角色的设置上考虑是否还有调整的空间。剧中骑士的出场主要是开头和结尾部分，要呈现骑士的年迈气质，可以安排两位骑士，这样既符合守卫的身份，同时可以通过二人间的互动增加乐趣。其次，审视整体故事节奏是否有韵律。检查每个环节的戏剧节拍，确保故事的讲述是否有悬念和吸引力，犹如相声艺术中抖包袱常用的“三翻四抖”。第一，开端部分通过骑士老、无继承人、女巫老等要素，为公主去营救做了充分的铺垫，并以女巫送魔法石引出之后的剧情，剧情安排已经较为完备。第二，发展阶段中当前直接和恶龙对战的安排在对抗上的层次和递进感还不够。可以考虑在和恶龙对抗之前加入另一个小的障碍，以替换小狼因把玩而弄坏魔法石的情节，并增加故事张力。结合整体剧情，这个障碍选择大型动物较好，并突出对抗中的趣味性。第三，转折中可以在小狼变化成小动物上做文章，根据剧情需要多变几次，充分体现主题。第四，结局时恶龙解释清楚其中的误会需要言之有物，将“偏见”的道理融入其中可以有效说明，并能提升全剧的层次，寓教于乐。

将每一部分的细节加入后，创作者可以把故事按照情节点的方式写下来，更加一目了然地总览故事的讲述节奏和各情节点设计。

（1）两位年迈的骑士到了退休的年纪，但王国里的年轻人没有合适的继任者。

（2）恶龙突然到来，骑士们被轻易打败并被吃掉。

（3）同样年迈的女巫无法前去营救，任务落在了公主身上。

（4）女巫送给公主可随意变身的魔法石，小狼乐宾化身为公主踏上征程。

（5）在去往恶龙巢穴的路上要经过熊的领地，乐宾没有按照旁白的指令变为小鸟飞过去。

（6）乐宾遭遇了大熊，于是自己也变身为大熊准备与之对抗。结果大熊频频向乐宾示好，原来这是一头母熊。

（7）乐宾在躲避母熊的过程中不小心将魔法石摔在了地上，乐宾现出原形，魔法石被摔成两半但依然可以佩戴。

（8）乐宾戴上摔成两半的魔法石逃离了大熊，来到了恶龙的巢穴。

（9）乐宾想变身为一条更大的龙，却变成了小猫咪、鳄鱼宝宝、蜗牛、猫头鹰、青蛙、松鼠等小动物，他才意识到被摔坏的魔法石已经无法让自己变身为大型动物。

（10）被恶龙嘲笑和戏耍的乐宾无法完成救援任务，他很沮丧也很自责。

（11）一只蜜蜂飞过，恶龙讨厌蜜蜂却拿个头小且灵敏的蜜蜂毫无办法，乐宾领悟到“重要的不是变得多强壮，而是怎么利用你的强项”的道理。

（12）乐宾变身，这次是小兔子，乐宾利用兔子敏捷的身手转晕了恶龙。

（13）乐宾又变身，这次是小蜘蛛，乐宾利用蜘蛛体型小的优势进入了恶龙的肚子。

（14）肚子中两位骑士正在投色子取乐，乐宾想通过魔法石让三人都变成蜘蛛逃出去，结果他们变成了三只羊。

（15）三只羊在恶龙肚子里又蹦又跳，恶龙对羊毛严重过敏，将他们喷了出来，营救成功。

（16）乐宾可怜骑士不能退休，骑士感叹无人可接替。恶龙听到讨论后自告奋勇当骑士，并说出大家一直以来对自己的偏见。

（17）公主任命龙担任骑士，她和龙联手成为王国的守护者。

（18）老骑士终于可以享受退休生活，故事结束。

5. 优化完成

在对故事进行细节丰富之后，创作者就可以将剧本成文，其中需要注意台词的设计和动作描述要符合人物身份，整体突出轻松、趣味、游戏感的氛围。

以其中两位骑士的台词为例，他们的台词虽不多，但要把年迈、逗趣的“老顽童”特质凸显出来。

比如，开头一个骑士说：“我们老了，累了。”另一个则手扶耳朵说：“你说什么？”

这样一来一回，立刻将两人的年龄状况呈现出来，并营造了逗趣感。

再如，当两人被吃到龙的肚子里，其中一个骑士说："帮帮我们，我的背好酸啊。"当听到有人来救他们，另一个骑士说："给它点厉害瞧瞧，公主！但我挺喜欢这里，比城堡里暖和多了。"这种危难时刻的幽默精神弱化了苦难，是全片"游戏感"的必要构成。

此外，需要特别注意"动作节奏"，也就是动作描述和台词要相互结合，形成节拍。动作描述一定要交代清晰角色的身体状态，富有画面感。《小狼乐宾》系列中有一个旁白者，需考虑旁白者出现的时机，以营造层次感。以下选取第一幕情形，一起感受其中的书写规律。

旁白：很久以前，有两位年长的骑士想要寻找继承人来守卫国土。因为他们年纪太大，想要退休了。

（一座城堡正在进行骑士选拔。台上坐着年轻的公主，旁边站着年迈的女巫。台下有两位无精打采的年迈的骑士，骑士甲拄着剑佝偻地站着，骑士乙扶着脸坐着，剑放在桌子旁。）

骑士甲（深叹一口气）：我们老了，累了。

骑士乙（用手扶耳朵）：你说什么？

旁白：不幸的是，王国里没人可以替代他们。突然，一条可怕的龙出现在了城堡里，引起了极大的恐慌。

（一个参加选拔的年轻人拿着剑跑过来，但不小心摔了个踉跄，众人失望。年轻人吓得慌乱逃窜，骑士们准备战斗。因为年迈，骑士乙的剑掉在了地上，骑士甲拿剑指着龙但手在不停地颤抖。龙喷出火苗，剑瞬间被烧成灰烬。众人惊慌，龙将两位骑士吞到了肚子里。）

恶龙：哇哈哈哈哈……

骑士甲：帮帮我们，我的背好酸啊。

（公主和女巫十分震惊，女巫拿出拐杖施展魔法攻击恶龙，但力度很小。恶龙全然不理，飞离城堡。）

旁白：年迈的女巫没有力气去救骑士了，这项任务落到了公主身上。

（女巫用拐杖变出一个魔法石挂在公主脖子上，公主很惊喜。）

女巫：戴上这块魔法石，公主！这能让你随意变形。

（小狼乐宾听到之后马上兴奋地从城堡的楼上探出头，手舞足蹈。）

乐宾：我！我！我！让我来做主角，我想要变形，拜托了！

旁白：好吧！但你要保管好那条项链。

（小狼变身为公主，开心地看着自己脖子上的魔法石。）

乐宾：我来找你算账了，恶龙！

女巫：小心啊，通往恶龙巢穴的路上有一头可怕的大熊。

乐宾：我可不担心，有了这个，我能变得比别人都更强、更大。

第二节 青少年向动画连续剧

如果说低龄段动画是儿童观众认识自我和探索世界的刚需，那么面向青少年的动画作品则是他们追求精神愉悦和寻找志同道合者的重要手段。

青少年虽然还不具备成年人的成熟思维和视野，但已经有了强烈的自我意识和旺盛的求知欲，尤其已经拥有了丰富且不稳定的情感。人们一般认为，这种情感的不稳定源于高级神经活动兴奋和抑制过程的不平衡，因而青少年更易表现出对事物和事件的激动、亢奋和偏激。同时，自我意识的二次觉醒促使他们开始更在意个人的社会地位，表现出对现状的不满和对规则反叛的倾向。在身体方面，青少年的第二性征迅速发育，性心理开始逐渐成熟，比以往更加关注两性情感方面的信息。在社交上，青少年渴望实现自我独立和追求亲密关系之间的平衡，寻求舒适的社交边界是他们的共同选择。

从以上青少年受众的特点出发，面向他们的动画作品一定是迎合或者适应这些特征，至少在某方面符合青少年的口味以换取他们的喜爱，甚至是偏爱。本节以青少年向动画连续剧为例，总结创作规律并分析具体案例。

一、青少年向动画连续剧的基本规律

（一）题材类型更杂糅

青少年向动画作品的题材类型广泛，常见的主要有日常、爱情、冒险、科幻、武侠、玄幻、悬疑等。不过类型的划分本身并没有严格的标准限定，尤其是一个故事中杂糅多个类型十分常见。以当下网络动画连续剧中数量最多、内容最为丰富的玄幻类动画为例，我们可以轻易地从一部作品中看到多个题材的影子。例如，《斗罗大陆》（图 7-13）中的故事世界是架空的奇幻之地，但其中的门派设置、修炼进阶、江湖规则等设定有着明显的武侠影子；《天官赐福》中，仙乐国太子谢怜在凡间的历练中与队友一起解决一件件诡谲事件，并逐渐接触到表面光鲜的仙界背后的阴暗面，这俨然是冒险剧典型的叙事架构。

当然，这也并不是说青少年向的作品没有讲故事的模式，而是相对于低龄向的作品，其变化更大，复杂度更高，需要在原有的固定故事模式下加入更加新奇的元素。

比如同样是日常类作品,《非人哉》讲的是神仙妖怪的日常,《汉化日记》(图 7–14)讲的是“天选之子”的日常,《仙王的日常生活》讲的是“仙王”的日常。正因为这些作品的主角并不是“正常人”,每个角色背后都有着奇特的经历,因而具有了“做戏”的空间。

图 7–13 《斗罗大陆》

图 7–14 《汉化日记》

(二)幻想中的“中二”气质

如果说低龄向动画中的幻想更倾向于童话式风格,青少年向动画中的幻想则有着浓厚的“中二”气息。“中二”这个源自日本的词语,主要是指青春期特有的思想、行动、价值观,是对青少年叛逆时期自我意识过剩的一些行为的总称,动漫、网络文学等载体成为宣扬这种特质的重要渠道。“中二”气质可以融入各种题材作品之中,如当下流行于网络的爽文、玛丽苏文等文学作品,以及从网文改编而来的漫画、动画等有大批拥趸;经久不衰的热血题材也被看作“中二”精神的常见表达;风靡一时的穿越剧,把“中二”精神扩散至全社会,成为快节奏生活中的调味剂。

基于这种现实,我们不能简单地将“中二”视为“褒”或者“贬”,要充分认识其在特定阶段人群中不可忽视的影响力。在剧本创作中,要“去其糟粕,取其精华”,将“中二”特有的正向能量提取出来,如读者津津乐道的《周刊少年 JUMP》杂志的用稿三原则——友情、努力、胜利,其实就是日本漫画业者在长期实践中得出的创作规律。虽然此原则并没有得到官方的首肯,但仍可作为重要的创作参考。对于暴力、色情等伴生的负面性较强的元素,创作者则要严格控制和审慎对待。首先,要明确对抗和爱情元素并不是洪水猛兽,而是面向青春人群不可或缺的亮点。“对抗”可以是实现共同目标的手段，也可以是不断向上的精神；“爱情”可以是对美好情感的向往，也可以是共同成长的经历。正确地对待和恰当地使用相关元素，能够有效提升作品的层次。其次，不崇尚暴力和不渲染色情是创作的底线，这应列入文艺创作者应坚守的职业道德。对于不明就里或别有用心之人所言的“限制过多影响了国产动画创作”等言论，我们要有清醒的认知和辨别能力。纵观世界动画发展史，享誉世界的动画精品一定是在精神表达和艺术品质层面有着过硬的质量，而不是通过博眼球的方式成功的。

（三）世界观设置要抓住核心

世界观的设置不仅要把握宏观层面，还要讲究核心逻辑。例如，《火影忍者》（图 7-15）的核心是查克拉，《镇魂街》的核心是灵力，《灵笼》的核心是灯塔。有了这些核心逻辑，整个故事的运行才有了根基。抓住了核心，再去根据篇幅扩展世界观，可以更好地做到有的放矢。

当然，有些故事在构思阶段可以暂不考虑具体的篇幅，而是以故事精彩为主，在具体的“季”或“集”中依据具体时长做技术性处理，这也常见于“小说改”“漫改”的作品中。以《镇魂街》为例，原作漫画中故事的世界观十分庞大，世界分为冥界、人界、大千界、王国组织等，不同的世界有着不同的运行规则。在具体的故事呈现中，主要的故事发生地是冥界和人界，其中，人界的部分作为引子和铺陈，冥界则是核心区域。其他两个世界主要出现在角色的相关描述中，并未实质性展开。正因为此，故事对冥界的细节设定最为周密，故事点也最多。

图 7-15 《火影忍者》

（四）要善于使用伏笔

保持故事的连续性是连续剧最基本的写作原则。当然，连续剧并不是全部的剧集都在讲一件事，往往是通过一定的集数讲清楚一个小故事，再由一系列小故事组成一个大故事。基于这种特性，创作者在具体的写作中就会涉及如何持续保持剧集吸引力的问题。使用好伏笔，是最常用的有效方式。使用伏笔一般要注意几个问题。第一，重要的伏笔要多出现并加以强调，但不能过于刻意。伏笔可以是一句话、一个道具、一个事件，当这个伏笔不断出现，会引发观众的好奇，同时又没有立即揭开谜底，从而让观众对后续剧情抱有期待。在设置伏笔时，如果过于刻意，可能会被观众猜到结果，因此伏笔出现的位置和方式就非常重要。第二，有伏笔就要有回应，且不能间隔太久。没有回应会造成剧情的连贯性和紧密度不够，间隔太久会让伏笔的效果大打折扣。第三，伏笔数量不宜过多。过多的伏笔会造成剧情的混乱，得不偿失。第四，结尾处巧妙地留下伏笔，是剧集常用的手段。

以《镇魂街》的前五集为例，第一集主要以女主角夏玲的求职经历为线索，引出鬼符三通（图 7-16）、主角曹焱兵和弟弟、故事主要发生地，展示了镇魂街的基本运转逻辑和寄灵人属性。女主角在见识过男主角与恶灵的战斗之后，以一段内心独白表达了对男主角的崇拜，同时交代自己将踏上一条不知道终点的旅程。在这一集中，伏笔被巧妙地嵌入多个剧情点——开场处和结尾处。鬼符三通对夏玲念叨：“人各有命，上天注定，有人天生为王，有人落草为寇。脚下的路，如果不是你自己的选择，那旅程的终点在哪儿也没人知道。”这看似是不着边际的骗子话术，实则点出了全剧的剧情核心和主要人物的命运，与剧情紧密贴合，自然而不做作，且充满喜剧效果。之后的剧情中，无论是男女主角的偶遇、再次相遇，还是结尾处女主角的复述，都是对此伏笔的回应，并巧妙地为接下来的剧情留足了悬念。在剧情发展处，女主角求职不顺，并在半夜收到入职信息，又为之后“误闯”镇魂街埋下伏笔。在剧情高潮处男主角与恶灵的战斗中，寄灵人许褚的出现不仅提升了故事的精彩度，也为更多的守护灵出现进行了铺垫。

图 7-16 《镇魂街》中的鬼符三通

（五）与现实世界的联动

寄身网络世界的观众亦是现实世界的一员。网络动画与观众的共情需要借用现实世界的各式要素，内容、情感、现象、话题等，只是因题材和调性的不同会有量的差异。以《仙王的日常生活》（图 7-17）为例，该作品虽设定为架空的世界，但其中穿插的现实世界元素并不显得突兀，比如在第二季中，六十门精英班班首陈超沉迷于网络直播，被易容术的妖族迷惑，这一情节讽刺了时下的网络直播乱象；唐家收购孙家花果山，要改种仙草为种仙韭，与现实中的“割韭菜”现象相呼应；卓异仙长找来的人类长老身上可以看到现实世界中颇具话题性的诸多人物特点。此外，片中还有各种在网络中和生活中随处可见的“梗”，可以让观众在欣赏故事的同时找到更多超越故事的共情元素。

图 7-17 《仙王的日常生活》

二、青少年向动画连续剧解析——以《仙王的日常生活》为例

《仙王的日常生活》是根据同名小说改编的网络动画连续剧，于 2018 年宣布动画化，由 B 站出品，绘梦动画负责制作。第一季于 2020 年在 B 站独家发布，之后又分别于 2021 年、2022 年、2023 年推出后续三季。作品具备典型的玄幻元素，同时又与以古代背景为主的玄幻剧有所差异，将日常类作品的轻松搞笑和玄幻类作品的爽感结合得恰到好处，是青少年向作品的优秀案例。接下来，本书以该作品第一季为例，解析其改编手法，以管窥青少年向动画连续剧的剧本创作方略。

（一）熟悉原作调性与受众趣味

《仙王的日常生活》是由网络作家枯玄创作的轻小说，由起点中文网独家签约首发连载。故事设定在全民修真的未来都市背景之下，将现代科技与具有玄幻色彩的修真相结合，制造出一个新奇的“穿越”叙事空间。小说的标签是“无敌文”。所谓“无敌文”，可以视为“逆袭文”的变种，它一改网络文学中废柴逆袭的套路，直接将主角的能力拉满，让主角一路轻松过关斩将，给予读者“稳稳的幸福”。无敌文中的主角通常会有几种类型，如表面人畜无害却深不可测的“扮猪吃老虎”型、喜欢炫技的吸引眼球型、暴力解决一切的冷酷型等。《仙王的日常生活》中的主角属于典型的“扮猪吃老虎”型，主角设定为拥有超能力却又想过平凡生活的中学生，其为了隐藏实力不得不做出各种伪装，但又需要在关键时刻发挥关键作用，在反差之中演绎出诸多啼笑皆非又充满爽感的故事。

小说作者特别善于将现实世界中熟悉的事物复刻到小说的世界中，并结合小说本身的调性进行重构，给人以“开脑洞”和“一本正经胡说八道”的戏谑之感。这种“胡扯”精神在作品轻松氛围的营造上发挥了重要作用，制造出既熟悉又陌生的幽默感和惊喜感，对年轻网友极富吸引力。在第十四章中，作者描述了为何王祖康的史论课受到学生们的追捧，其上课的内容叫“华修国古代电视剧的重播和演变”，具体讲授的则是“有关《还珠格格》与《西游记》的重播次数”“玄幻电视剧从一本正经玩仙剑到一本正经杀马特的演变”“有关宫斗电视剧，从后宫三千嫔妃的心计看天伦不孕不育现象”等，这些内容显然是对社会文化现象的调侃。同时，这些看似熟悉的内容被作者赋予了符合故事世界观的解读，如讲到《还珠格格》时，主人公的身份是找到遗落世界的混沌珠并成功填补空间缝隙的英雄人物，与我们所熟悉的《还珠格格》已经大相径庭。

通过以上分析，我们可以较为清晰地勾勒出原作的风格和观众喜好的元素，包括但不限于“玄幻”“搞笑”“无敌”“现实重构”等。然而，需要注意的是，原作存在语言风格随意、频繁使用低俗用语、成人化软色情现象较为突出等问题。此外，部分角色设定和情节存在“雷同”“借鉴”的争议。这些都需要创作者在改编时进行针对性处理。

（二）角色和情节的重构

对角色的重构包括数量和角色设定的改变。例如，原作中的校方和主要同学的角色都远多于动画中的角色，原作中的校方角色有施主任、陈校长、校卫总长李老头等，动画中则主要突出了校长和潘指导，其中校长被换成了史论老师王祖康，并被赋予了高超的战斗技能。原作中被赋予了大量笔墨刻画的角色林小羽，在动画中被安排在第二季出现，设定也由腐女变为表面家境贫寒却隐藏着神秘身份的蝶族女生。动画中的学生重点围绕女主角孙蓉、班首陈超、胖子郭豪三人展开：孙蓉是商业巨头花果集团的大小姐，貌美高傲，天资聪慧，心地善良；陈超是武术世家传人，直男性格，冲动、忠诚、正义，崇尚体能和热血，缺少智慧；郭豪，心宽体胖，喜欢研究各种小技能，讲义气，但有时耍滑头。可以说，每个人都有鲜明的性格特征，优点和缺点都较为明晰。

除了角色的调整之外，一些关键场景也做了改动。例如，男女主角约会的游乐园在原作中叫萧家大院，而在动画中则改名为齐天乐园，这一改动更加契合孙家是孙悟空后人的设定。原作中萧家大院有着更广阔的故事背景，这些背景在动画改编中被舍弃。

更重要的是情节上的重构。第一季的15集故事主要取材于小说中的前77章，但相对于小说，动画的故事线更加清晰、集中，减少了主线故事外的细枝末节。

以第一集为例，故事开篇便介绍了作品的科学修真世界观设定，同时以卓异战胜吞天蛤的事件开场，引出了被誉为拯救华修国英雄的卓异和小时候的王令，留下悬念。正片则以六十中新生开学为起点，王令、孙蓉、郭豪、陈超等主角悉数登场。在分班的灵力测试中，几位主角分别展示了自己的技能，并全部进入精英班。孙蓉的多金、貌美、能力超群、众人拥戴的设定，王令冷淡、神秘、拥有非凡力量的设定，都被充分交代。在原作中，男女主角的相遇更为日常化，动画中则设计了孙蓉"英雄救帅"却反被王令用金钱回报的搞笑剧情，相比而言动画更加逗趣和凸显角色性格。在灵力测试环节，动画为了增强视觉效果，改变了原作中使用VR眼镜的设定，并将等级由字母改为分数；为了增加趣味性，动画增加了原作作者的炮灰角色；为了快速展示主要角色，增加了陈超和郭豪的测试环节。在召唤灵体的课堂上，原作中召唤出的恐怖鬼怪被替换为搞笑的物品。整体来看，动画的情节更加注重角色性格的塑造和轻松气氛的营造，也更加紧凑。

当然，情节上变动最大的是作品后半部分的灵剑交流会，基本上推翻了原作的设定，这些改动更多地考量了影片节奏、高潮质量、角色塑造，为下一季埋下伏笔也是其中的重要原因。

（三）整体结构和分集安排

1. 整体结构

15集的作品共分为三大部分，其叙事结构与一部电影作品的叙事结构相似，分别对应开端、发展、高潮和结局，只不过这些部分被分解为更小的叙事单元。

开端（校园趣事，前三集）：主要通过校园和家庭小事展示作品的世界观、主要角色性格和能力等，为王令和孙蓉的约会埋下伏笔。

发展（影流事件，第四集至第六集）：通过王令和孙蓉的约会引出影流组织。在保护孙蓉的战斗中，进一步展示王令的超能力，同时展示王祖康和二蛤的能力，为之后灵剑大会中影流的再次出现埋下伏笔。

高潮和结局（灵剑大会，第七集至第十五集）：围绕灵剑大会，讲述了选拔过程、灵剑展示、对手情况和竞赛过程，同时穿插影流大师姐江流影的暗杀计划和王令遇到的符文破裂危机。这是第一季最重大的事件，升华了男女主角的情感，并为第二季埋下伏笔。

2. 分集安排

在每个叙事单元中，每一集都有其独特的作用，根据承担的任务不同，同样可以分解为开端、发展、高潮、结局等不同阶段。接下来就以灵剑大会（第七集至第十五集）为例做具体分析。

（1）第七集（开端：展示双方人选和实力）

以轻松的氛围展现六十门确定参加灵剑大会人选的过程，将每个人的灵剑展示作为剧情重点，唯独未展示王令的灵剑，同时点出对手五十九门"那个人"的实力，留下双悬念。

（2）第八集（发展：引出灵剑大会暗藏的危机）

接着上一集，展示王令的灵剑，并引出新角色剑灵惊轲。在两队相遇时，又引出潘指导和五十九门谢指导之间的恩怨，剧情塑造了一对相互攀比的塑料姐妹花角色。在二人争斗过程中，王令的符文破裂，为后续剧情埋下伏笔。此集还穿插绞杀影流社的故事线，揭示了杀入影流社总部的行动都是影流大师姐江流影阴谋的一部分，其目的就是杀死卓异。同时，影流继续执行狙杀孙蓉的计划，并将其引入灵剑大会，为后续剧情留下伏笔。

（3）第九集（小高潮：符文危机和影流危机加深）

接上一集，王令的符文破裂导致意外出现，拯救陈超更是将符文推向崩溃的边缘，不可控的紧张情节升级。剧情揭晓"那个人"是何不风，进一步展示其阴险手段和强大的负能量。在另一条叙事线上，江流影仍在穷追不舍，她与何不风交手并将其瞬间制服，而此时恰巧与买干脆面的王令相遇，留下悬念。

（4）第十集（小高潮：影流危机暂时解除）

江流影绑架了何不风和王令，以此引诱卓异和孙蓉，孙蓉带队前去营救却被江流影师傅内涵老魔打败。在关键时刻，王令使用时光倒回的能力打败内涵老魔，并让卓异顶替战功。剑灵大会如期举行，江流影化身为何不风参加比赛，王令也不得不继续参赛。王令的父亲赶来送符，但王令已进入赛场。父亲将此事告知赶来的卓异，卓异听后震惊不已，留下悬念。

（5）第十一集（发展：六十门占领祭坛落下风）

正式比赛开始，双方分别展开对决，五十九门先占领四座祭坛，孙蓉在水祭坛陷入与唐竞泽的缠斗并处于下风，江流影装扮的何不风又赶到，正在孙蓉苦恼之际一股神秘力量震碎了唐竞泽制造的冰冻，孙蓉趁机水遁逃脱。唐竞泽占领水祭坛，五十九门占领全部祭坛，但六十门反占木之祭坛，木之祭坛出现神秘身影，令众人震惊，留下悬念。

（6）第十二集（发展：比分胶着）

在木之祭坛，郭豪利用口发弹幕拖住了对手梁飞，但仍无法取胜。关键时刻，想借机吃能量的二蛤赶到，正好被王令用来控制自己即将失控的负能量。于是，王令和二蛤合体（上一集的神秘身影）。王令轻松打败梁飞，力量同时震碎了冰冻（上一集的神秘力量）。六十门占领木祭坛，局势开始反转。王令迅速夺回三座祭坛，但唐竞泽利用田忌赛马的策略又将比分反转。孙蓉随即设计了新的策略，六十门又开始反击。

（7）第十三集（发展：六十门逐渐占据优势）

王令守住水祭坛，伊莎贝负责监控；陈超守金祭坛，江流影（何不风）抢占；孙蓉和郭豪抢占火祭坛；在孙蓉无法取胜和陈超被打得体无完肤之际，孙蓉和陈超悟到“使自己努力变强的动力”。于是，郭豪利用孙蓉的剑灵作为祭品召唤出剑灵火凤凰鬼牙，陈超变出强壮手臂，六十门重新抢占先机，江流影见打不过陈超，忍不住变回原形。

（8）第十四集（高潮：孙蓉灵魂出窍，王令暴走）

孙蓉和陈超占领火祭坛，王令利用脱身术让二蛤占领水祭坛，同时自己占领了木祭坛。一直被压制的胜负心和队员们给予王令的友谊，使他处在崩溃边缘。在土祭坛插剑的关键时刻，孙蓉出现，将王令从崩溃边缘拉回来，六十门以5比0取胜。但在金祭坛，陈超被江流影伤害昏厥。同时，江流影趁孙蓉和王令不注意进行偷袭，孙蓉被打得灵魂出窍。王令暴走，但在击杀江流影的最后一刻停下了手。二蛤告知王令，孙蓉无法救回，目前是时间冻结，孙蓉只能维持一丝气息。还有一种可能就是再次回到原来的世界，王令两个都不选，决定将世界再次重启。

（9）第十五集（高潮、结局：比赛胜利，世界重启）

王令重启世界并施展大修复术，但孙蓉因灵魂破碎仍无法醒来。王令决定让时间倒转。在新创造的世界里，王令过着平静的生活，但这个世界没有了孙蓉。孙蓉的魂魄来到了地府，阎王发现她是孙悟空的后人，并且她的朋友王令正在创造新世界，阎王心生惧怕赶紧修改孙蓉的寿命，将其魂魄归还，孙蓉复活。剑灵惊轲告知了孙蓉一切，并决定用自己唤醒王令。孙蓉利用惊轲化成的剑斩碎了王令创造的新世界，将王令拉了回来。时间回到陈超和江流影（何不风）在金祭坛战斗。在何不风变回江流影要暴走之际，王令将其轻松解决，并将剑插入了土之祭坛，六十门以5比0获胜。原来，在孙蓉救回王令之后，被砍出的时间和空间之环可以让王令进行时间倒回，只不过那样孙蓉会被抹掉这段记忆。孙蓉表达了“不过我相信无论时间如何轮回，思念一定会超越时空把我带到你的身边”，时间倒转成功。孙蓉接受记者采访，王令的父亲准备将新符篆为王令贴上，二蛤告知王令，符篆贴上后王令的情感会又一次被封印而变得冷漠，和孙蓉的关系会重新回到不冷不热的状态。王令回答“我只希望世界和平”。结尾，王令突然想起一件事，让二蛤再次倒转时间，时间回到他被内涵老魔捆在柱子上，他们二人对视莞尔一笑，留下悬念，本季结束。

第三节　合家欢动画电影

从世界范围内看，合家欢动画电影一直被视为最具市场竞争力的动画作品类型。因为老少咸宜的特质，合家欢作品拥有最广泛的受众人群，但也因为要兼顾更多年龄段观众，合家欢动画电影的剧本创作也是极具挑战性的工作。

因为在本书前面章节中，合家欢动画电影更具代表性，多数知识点都是以其为基础展开论述的，本节不再赘述。接下来，本节集中、简略地总结合家欢动画电影剧本创作的基本规律，并以《熊出没·伴我“熊芯”》为案例，分析其剧本的成功之处。

一、合家欢动画电影剧本创作的基本规律

（一）主题的普适性

合家欢动画电影的特性决定了其应避免复杂和沉重的主题。在轻松愉快的基调下，这些电影通过展示有关爱、勇气、友谊、家庭、梦想等积极向上的故事，引发不同年龄段观众的情感共鸣和价值认同。也许有些初学者认为，这些主题已经被反复呈现而难以创新，甚至显得有些陈词滥调。但实际上，纵览世界动画发展史，许多经典作品正是基于以上主题。首先，因为合家欢动画作品必须适合孩童观看，在提供娱乐的同时，这些电影还致力于培养他们的良好品德、价值观、家庭观，或者传授一些知识。这也就在客观上排除了成人化的、负面的主题。其次，对美好事物的向往和喜爱是人类的天性，通过积极向上的主题，人们获得欢乐、感动、激励等正向的情绪价值，这正是被普遍接受的最大公约数。

（二）角色的丰富性

角色的重要性不言而喻，对于合家欢电影而言，形象鲜明、性格各异、魅力独特的角色是其成功的关键。首先，丰富多样的角色能够为影片带来更多样化的情节和冲突，他们之间的互动和故事发展让观众始终保持高度的兴趣。其次，家庭中的成员年龄、性格和兴趣各不相同，丰富的角色类型可以确保每个观众都能找到自己喜欢或产生共鸣的角色。最后，不同角色往往代表不同的价值观和情感体验，通过他们的碰撞和融合，可以更有效地向观众传递重要的价值观。

（三）情节的生动性

为了便于孩童的理解，合家欢作品的情节一定要清晰明了，避免过于复杂的叙事结构和隐晦的情节转折。但为了避免作品显得情节单薄，创作者通常会在以下方面做出更多的努力。首先，故事要具有吸引力，能够激发观众的好奇心。这就是为何带有冒险、奇幻或想象成分的故事更为常见，毕竟，离开熟悉的区域，前往未知的世界，总会带来新的期待。其次，故事的讲述一定要具有趣味性。轻松幽默的元素和愉快的影片氛围可以提升观影的体验，也更加符合“欢”的特质，在保证剧情的顺利推动的前提下，幽默桥段的设计能力体现着编剧的功底。再次，美丽、独特且富有魅力的画面，是吸引观众的首要条件。剧本内容能够为精彩的视觉呈现奠定基础，它与技术的提升同为不可或缺的两大要素。最后，结尾要足够圆满。圆满的结尾可以给观众带来满足感和幸福感，虽然会略显“俗套”，但它最能体现合家欢的特质。

二、合家欢动画电影解析——以《熊出没·伴我“熊芯”》为例

从2014年第一部大电影《熊出没之夺宝熊兵》登陆院线，至2025年《熊出没·重启未来》上映，《熊出没》系列大电影已经上映11部，该系列作品已成为国产动画电影最稳定的压舱石。细数《熊出没》11部作品，每一部在主题、角色、情节等方面都有着良好的表现，是我们研究合家欢动画电影剧本的范例。

从主题上看，《熊出没之夺宝熊兵》强调了勇气和智慧的重要性；《熊出没之雪岭熊风》传达了团结互助和勇敢面对困难的精神；《熊出没之熊心归来》探讨了自由与责任；《熊出没·奇幻空间》强调了保护环境和文化遗产的重要性；《熊出没·变形记》探讨了自我认同和价值观的重要性；《熊出没·原始时代》强调了勇敢和成长的重要性；《熊出没·狂野大陆》探讨了科技伦理和个人身份的问题；《熊出没·重返地球》强调了家庭和友情的价值；《熊出没·伴我“熊芯”》讲述了家庭重逢和宽恕的故事；《熊出没·逆转时空》探讨命运的选择与改变，展现了对过往的怀念和对未来的期望；《熊出没·重启未来》探讨希望与勇气的重要性，呼吁面对困难时要勇敢向前。可以说，《熊出没》大电影的主题始终围绕着普适性内容展开，每一部作品都给予观众愉悦的观影体验。

从角色设置上看，大电影除了《熊出没》本身就有的光头强、熊大、熊二等固定角色，还会根据每一部情节的不同设置性格鲜明的角色。如《熊出没之雪岭熊风》中的团子、《熊出没·奇幻空间》中的神秘少女、《熊出没·原始时代》中的飞飞、《熊出没·狂野大陆》中的乐天、《熊出没·重返地球》中的阿布、《熊出没·伴我“熊芯”》中的熊妈妈、《熊出没·逆转时空》中的朱莉等。这些新角色的出现起到了拓展新剧情、激发新矛盾的作用，提升了观众对作品的期待值。

从情节上看，每一部《熊出没》大电影都是一个冒险故事，冒险地有马戏团、白熊山、科技乐园、外太空等。首先，这种前往新的未知区域的方式，保证了观众对经典 IP 的新鲜感，尤其有利于全新故事的创作，而“永远在路上”的制作技术持续提升则保障了冒险世界的高水平呈现。其次，所有的大电影作品都在延续一贯的轻松欢乐氛围，同时在笑料不断中加入情感元素，营造笑中有泪、乐中有思的观影体验。最后，《熊出没》大电影的叙事坚持了“故事明了，曲折有度”的原则，在故事有合适深度的基础上，使用足够精彩的叙事手段保障观影过程的层次感，这也是该系列作品能够持续保持高口碑的核心要素。

（一）热门话题下的朴素情感

科技话题因为前沿性、神秘感而具有广阔的挖掘空间，一直是动画作品热衷的题材方向。近年来，人工智能以史无前例的速度融入人们的日常生活，科技发展带来的真实感、震撼感、焦虑感，以及所衍生出的伦理问题都成为热门的议题。抓热点实际上是创作者常用的创作手段，这不仅会让作品显得更“时尚”，更重要的是能够“蹭流量”，提升观众的兴趣。但抓热点同时是把双刃剑，缺乏内涵的简单粗暴跟进，所得到的结果往往更为惨淡。《熊出没·伴我“熊芯”》（图 7-18）中的人工智能不是作为引子或者噱头的浅尝辄止，而是深入地探讨了关于技术与情感的关系，以及技术作为客观的、中立的存在，应如何被正确使用的严肃哲学命题。

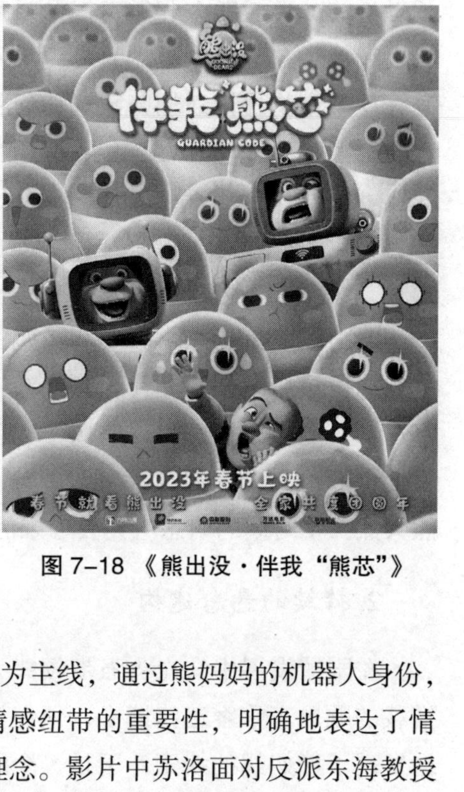

图 7-18 《熊出没·伴我“熊芯”》

首先，影片以熊大和熊二寻找失散多年的母亲为主线，通过熊妈妈的机器人身份，展现了母爱的伟大和亲情的深度，强调了亲子间情感纽带的重要性，明确地表达了情感超越技术和技术发展应该以服务情感为目标的理念。影片中苏洛面对反派东海教授逼问熊妈妈的核心技术时说：“根本就不存在什么关键技术，熊妈妈虽然是智能机器人，但使她真正觉醒的是她对孩子的爱。我要分享的就是这个超越技术的奇迹。”这些话正是对这一理念的明确表述。这一理念，也恰恰是世人对“生命”的最朴素认识——无论是人工智能还是人类，只要情感真挚，就能被接受和认可。它超越了血缘关系，并以情感的对等付出与回报为基点，是能够引发广泛认同和共鸣的家庭伦理和社会道德观念。

其次，影片中的反派是因技不如人而使用卑劣手段抢夺他人成果的“唯技术论者”，其利用掌握的技术发明出暴力工具——铁甲怪，用以维护自身的地位和利益。这种对技术应该被如何使用的思考，也正是创作者对当下人工智能相关的焦虑的回应。

（二）合家欢故事下的叙事张力

《熊出没·伴我“熊芯”》以寻母为主线，主角克服重重困难终于达成目标，是一个并不复杂的故事。熊大和熊二小时候被妈妈“抛弃”，长大后他们与光头强在一次前往振兴岛观光过程中结识了苏洛博士，反派东海教授为了从苏洛手中获得其母亲苏教授关于智能机器人的核心技术而抓捕苏洛，熊大和熊二陷入其中。在冒险中，熊大和熊二发现追击苏洛的白熊竟然是他们日思夜想的妈妈。实际上，白熊是由苏教授制造出的智能机器熊，其在抚养熊大和熊二的过程中产生了情感，但由于东海的破坏造成了母子的分离。熊大和熊二揭开了东海的阴谋，但在众人阻止东海破坏的过程中，熊妈妈牺牲了自己保全了振兴岛。结尾处，苏洛修复了被炸坏的熊妈妈，母子团聚，东海等反派人物也被逮捕归案。如何将这样一个典型的合家欢故事讲得精彩，是对创作者的很大考验，《熊出没·伴我“熊芯”》凭借持续的悬念设置和剧情反转展现出极强的叙事张力。

1. 引人入胜的开篇

电影以熊大熊二小时候和妈妈的相处时光为开篇，这是熊妈妈首次正式在作品中登场，虽然后续剧情交代这只是人工智能的机器熊，但在影片开始就能够引起观众的好奇心。尤其是熊妈妈仅登场不久就在一次实验室大火中莫名消失不见，恰恰与观众长期关心的“为何熊大熊二没有家人”的疑惑相呼应，使影片从开始就吸引了观众。熊大熊二小时候的萌态与失去母亲的可怜，更是增加了影片的吸引力。

2. 持续的悬念建构

在剧情发展中，光头强带领熊大和熊二前往振兴岛参观机器人研究所，因为车上搭载的顺风车乘客苏洛博士，他们被卷入一场针对苏洛博士的追捕行动之中，并意外地发现了熊妈妈的线索。于是，全剧的主体故事就在追捕与反追捕，和不断地确认与否定熊妈妈身份中曲折展开，观众的情绪随着扣人心弦的情节跌宕起伏。

接下来，我们以熊妈妈身份之谜的故事线详细分析作品如何通过不断的反转增加故事的精彩度。

21 分钟处，第一次反转。在振兴岛参观机器人研究所的熊大、熊二和光头强救下被铁甲怪攻击的苏洛博士，追击的铁甲怪被熊大和熊二意外打掉了面具，两人惊奇地发现铁甲怪竟然是日思夜想的熊妈妈。这一反转不仅震惊了熊大和熊二，也让观众感到意外，熊妈妈为何突然出现？又为何变成了铁甲怪？剧情正式进入寻母的主线故事。

22 分钟处，第二次反转。铁甲怪否认自己是熊大和熊二的妈妈，走出光照的地方熊大发现她的毛发是白色的，和熊妈妈的棕色并不符合，熊大失望，熊二却认为铁甲怪就是妈妈。至此，铁甲怪的身份更加扑朔迷离。

35 分钟处，反派南洋在远程连线中用小熊威胁铁甲怪，熊大知晓铁甲怪是因为孩子才被迫接受任务，印证了熊大关于她不是自己妈妈的判断，铁甲怪身份的疑问似乎有了确切的答案。

40 分钟处，第三次反转。熊大和铁甲怪被困在垃圾山下，铁甲怪唱起了熊大熟悉的歌曲，那是熊妈妈唱过的歌，此时熊大又一次改变了自己的判断，认为铁甲怪有可能就是自己的妈妈。

46 分钟处，反派南洋告知铁甲怪小熊只是用来欺骗她的虚拟影像，她真正的孩子在当年的火场中根本没有逃生。熊大终于确定铁甲怪就是自己的妈妈。

53 分钟处，第四次反转。熊妈妈手臂受伤发现自己身体的异样，苏洛告知熊妈妈她的真实身份其实是苏教授制造的机器熊。疑问又一次出现，熊妈妈既然是机器熊，为何能生育出熊大和熊二？

54 分钟处，解释部分原因。苏洛帮助熊妈妈恢复被恶意篡改和删除的记忆时发现了事情的真相。原来东海教授才是杀害苏教授的幕后真凶，当年的森林实验室大火和苏教授的牺牲都是他一手策划和实施的。但关于熊妈妈的身份疑问还未完全得到解答。

59 分钟处，解释身份原因。熊妈妈为保护熊大告知了熊大自己是机器熊的真相，熊大绝望，他怒摔熊妈妈的水晶石，却意外触发开关，看到了他们与熊妈妈之间关系的真相。原来熊大和熊二是苏教授捡来的孤儿，为了能够照顾好两位熊宝宝，苏教授制造了一个机器熊，也就是熊妈妈。令人没想到的是，熊妈妈在学习照顾熊大和熊二的过程中对他们产生了情感，超越了普通的机器熊。

1 小时 04 分处，解释当年火灾不告而别的原因。熊大意外碰触到苏洛的电脑，看到了熊妈妈当年的记忆片段。片段中东海和南洋趁熊妈妈奋力保护被压的熊大时重置了熊妈妈的系统，导致她记忆消失，冷漠地离开，这给当时蒙在鼓里的熊大留下了难以忘怀的童年阴影。至此，关于熊妈妈的身份之谜全部解释清楚，同时回应了影片开头留下的悬念。

（三）轻松幽默的桥段设计

《熊出没》系列作品的强项就是营造轻松幽默的影片效果，光头强、熊大、熊二都已经有着比较成熟的角色性格，有利于根据不同情景创造幽默桥段。《熊出没・伴我“熊芯”》充分发挥三位角色的特长、语言、肢体动作等特质，营造了全片的轻松氛围，并巧妙地推动了剧情的发展。

例如，在带熊大和熊二参观机器人研究所之前，为了能够蒙混过关，光头强特意用旧家电改造成机器人的服装，将熊大和熊二装扮成机器人的样子。也正因为这一举动，熊大和熊二的很多动作和语言设计就顺理成章地充满了喜感，在故事顺利讲述的同时增加了“杂耍”空间。

又如，熊二误以为熊妈妈的追踪器是巧克力，一口将其吞下，为后续三人的行动提供了充分的理由。剧情也由熊大和熊二追击熊妈妈，变为熊妈妈强迫他们一起去寻找苏洛。为了摆脱熊妈妈，熊大带着熊二上演了一段令人捧腹的逃亡之旅，并为他们相互了解和感情升温提供了空间。

思考与练习

1. 选择一部青少年向动画连续剧，分析其整体结构和分集安排。
2. 以《小狼乐宾》为蓝本，尝试撰写一集新的剧本。

第八章

动画短片的剧本创作

本章知识点

- 动画短片的特性。
- 动画短片的剧本创作规律。
- 动画短片的剧本创作技巧。

学习目标

- 熟悉动画短片的特性。
- 掌握动画短片的剧本创作规律。
- 熟悉动画短片的剧本创作技巧。

相对于动画电影和动画连续剧，动画短片因时长短、规模小、易实现等特点成为动画初学者的“试验田”。短片虽短，但并不简陋，整个创作过程创作者依然要面面俱到，对于剧本的要求同样如此。本章将着重解读动画短片在剧本创作中的规律和技巧，助力初学者更加顺利地进入创作实践。

第一节　动画短片的特性

一、篇幅短但没有统一标准

短片的时长标准目前并没有一个严格的限定，从几十秒到几十分钟都可以被纳入短片时长范畴。例如，渥太华国际动画节短片单元要求作品控制在 30 分钟以内，斯图加特动画电影节短片单元接受影片时长不超过 35 分钟的作品，特里贝卡电影节将短片长度限定在 40 分钟以内，圣丹斯电影节则将时长延长至 50 分钟，厦门国际动漫节“金海豚奖”更是以 60 分钟来区分短片和长片。一般而言，30 分钟以内的单集长度在短片中最为常见。其中，又以 20 分钟以内的短片占比最高。

二、拥有广阔的发展空间

动画短片创作是非商业动画中最为常见的形式，也是培养、锻炼、发掘动画人才的最佳途径。快餐文化的流行和互联网平台的兴起带动了短视频动画的快速成长，动画短片也迎来了前所未有的商业化发展风潮，为动画创作者提供了更广阔的空间。

从表 8-1 中可以直观看到，在 B 站 2021 年度国产动画播放量的前 20 名中，处于前两位的《开心锤锤》和《我是不白吃》都是短视频动画。此外，还有处于第 7 位的《元气食堂》、第 14 位的《小狮子赛儿》、第 16 位的《大神探诸葛九九》、第 20 位的《小品一家人之空间宝石》。可以说，短视频动画已经迅速成为国产动画中极具人气的产品形式，也为国产动画开拓了更宽的发展道路。

表 8-1　B 站 2021 年度国产动画播放量前 20 名[①]

序号	作品名称	类型	上线时间	制作公司	出品公司	年内播放量（亿次）
1	开心锤锤	短视频 2D	2020-12-31	锤子网络	锤子网络	8.5
2	我是不白吃	短视频 2D	2020-08-09	重力聿画	重力聿画	4.7
3	伍六七之玄武国篇	原创 2D	2021-01-27	小疯文化	啊哈娱乐 / 小疯文化	3.7
4	两不疑	漫改 2D	2021-04-21	普雷恩动画	bilibili/ 连尚文学 / 漫漫漫画	2.2
5	元龙 2	小说改 3D	2021-07-03	中影年年	bilibili	2.2
6	凡人修仙传	小说改 3D	2020-07-25	万维猫动画 / 原力动画	bilibili/ 猫片 / 原力动画	2.1
7	元气食堂	短视频 2D	2020-05-06	思岩文化	思岩文化	2
8	天官赐福	小说改 2D	2020-10-31	绘梦动画	bilibili/ 绘梦文化	1.9
9	时光代理人	原创 2D	2021-04-30	澜映画	bilibili/ 哆啦哔梦	1.8
10	灵笼	原创 3D	2019-07-31	艺画开天	艺画开天 /bilibili	1.8
11	仙王的日常生活 2	小说改 2D	2021-10-30	铅元素动画	bilibili	1.7
12	镇魂街 2	漫改 2D	2019-12-28	艾尔平方	bilibili/ 有妖气 / 艾尔平方	1.4
13	仙王的日常生活 1	小说改 2D	2020-01-18	绘梦动画	bilibili	1.1
14	小狮子赛几	短视频 2D	2021-03-24	赛几动漫	赛几动漫	1
15	少年歌行风花雪月篇	小说改 3D	2021-07-28	中影年年	bilibili/ 中影年年	0.98
16	大神探诸葛九九	短视频 2D	2021-07-20	花吃科技	花吃科技	2.93
17	元龙 1	小说改 3D	2020-07-11	中影年年	bilibili	0.84
18	百妖谱 2	小说改 2D	2021-07-18	bilibili/ CMC MEDIA	bilibili	0.82
19	天宝伏妖录 2	小说改 3D	2021-04-25	玄机科技	bilibili	0.62
20	小品一家人之空间宝石	短视频 2D	2021-08-27	花吃科技	花吃科技	0.51

三、分为侧重形式和侧重剧情两大类别

相对于长片创作，动画短片创作会更加灵活，因此，在创作形式和表达上呈现出

① 木森森 . 数读 2021："优爱腾 B" 上线 400+ 动画作品，《开心锤锤》等短视频动画异军突起［EB/OL］.（2022-01-03）［2024-10-20］.https://mp.weixin.qq.com/s/LMtBElXk5y7jiaOISoNong.

极其丰富的样态，但基本可分为以形式探索为主和以剧情表达为主两大类。以形式探索为主的短片更加注重在画面、声音、视听结合等方面的艺术化实验，剧情在其中被大大弱化，甚至被完全地忽略。

《暗香疏影》（图 8-1）是叶佑天导演的文化三部曲之一。创作背景是新冠病毒造成的悲剧使人们陷入无限的悲痛，作品借宋朝词人姜夔两首名词《暗香·旧时月色》《疏影·苔枝缀玉》的意境，以现代视觉语言进行了新的阐释。创作者用设计手法把两首词的文字结构打散，重构为当代数字图形，并植入到若隐若现、淡灰色调的动态幻境之中，勾勒出传统文人崇尚的意象，让梅香竹影构建的中国精神得以凸显。创作者以此告诫世人：无论苦难多么深重，生活还得继续，国人势必前行。只有文化之根不灭，中国精神才可永存。只要寒梅淡香仍在延续，华夏之梦必将实现。通过富含设计感的视觉元素表达精神内涵是此类作品的典型呈现方式，剧情在该语境中已退居次要位置。以剧情表达为主的短片与电影、连续剧一样，都是通过剧情的不断推进来完成故事主题和内涵的表达。本章将重点探讨该类型动画短片。

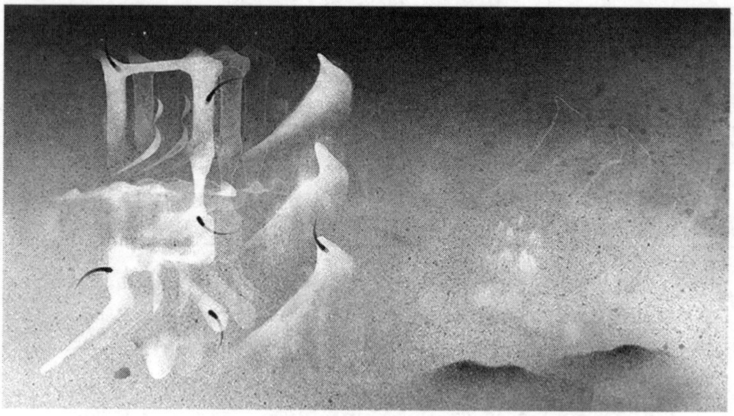

图 8-1 《暗香疏影》

四、短片创作是培养讲故事能力的开端

正如前面所言，动画短片中最常见的是非商业化的创作，也可称之为艺术短片。这类短片没有甲方的约束，最主要的是创作者个人思维和理念的表达，创作者和观众不会苛求剧情的严谨性。但这也并不意味着此类作品的质量欠缺或不知所云，除个别的极端情况外，绝大多数创作者都希望通过作品达到与观众的共情。因此，有意识地去使用讲故事的规律和技巧，甚至去探索更为优秀的叙事手段，是十分必要的。同时，创作者在艺术创作中积累的讲故事的能力和经验，在商业系列动画和短视频动画创作中是十分相通的，参与动画短片的创作可以为动画长片创作打下坚实基础。

第二节　动画短片的剧本创作规律

一、以时长决定剧本结构

正如在本章开篇表明的观点，动画短片仅有大致时长范围的限制，没有统一标准，这是短片千差万别的主要原因之一。不同的时长自然也会决定剧本结构的不同，具体的体现如下。

（一）1 分钟以内的动画短片：开篇即高潮

1 分钟以内的作品往往很难讲清一个完整的故事。在自媒体崛起之前，因受信息传达有限的约束，此类作品数量并不多。随着碎片化消费习惯的养成，极短的动画作品数量呈现爆发式增长。通过梳理分析我们会发现，1 分钟以内的片子更多时候展现的是一个段子、一点思考、某个情景、一个知识点，甚至是几句鸡汤。因此，节奏快且把握住核心的“梗”和“抖包袱”就十分重要。落实到具体的剧本上，精准的台词设计和小品式的单场景设计最为常见，且剧情开篇即高潮，故事铺垫极少甚至没有。

《我是不白吃》（图 8-2）是以美食科普为主的系列动画短视频，它以快节奏、幽默的台词设计配上趣味十足的画面为主要叙事方式。这种方式从动态图形（MG）类动画《飞碟说》开始在国内普及，已成为十分成熟的动画短片叙事模式。

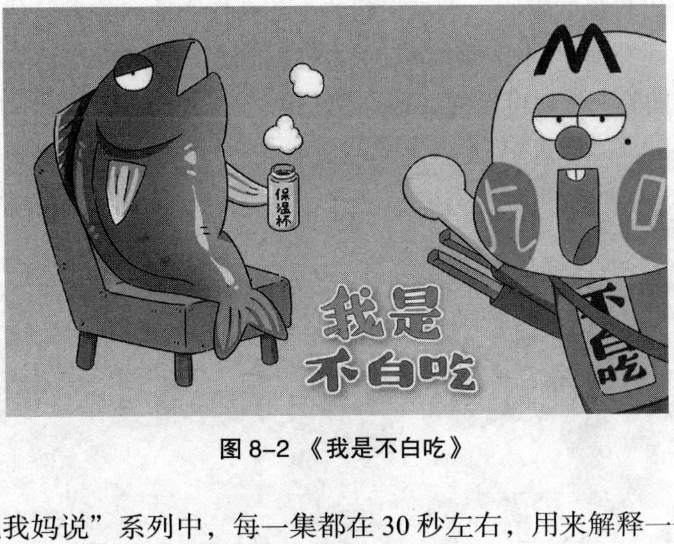

图 8-2 《我是不白吃》

在“不白吃我妈说”系列中，每一集都在 30 秒左右，用来解释一个生活中常见的认识误区或谣言。剧情主要通过旁白和角色情景对话来推动，剧本总字数根据语速控制在 200 字左右。

以《我妈说隔夜水不能喝，是真的吗？》为例，全片台词如下。

不白吃（旁白）：我妈说隔夜水不能喝，致癌。

不白吃：同样是放了八小时，我白天放八小时能喝，晚上就中毒了？

不白吃妈：对啊，隔夜水有亚硝酸盐！

不白吃（旁白）：其实亚硝酸盐来自水里本来就有的硝酸盐。但是，就算这杯水在这里孤独地放了十天，里面的亚硝酸盐也远远不会让你中毒。

不白吃妈：那隔夜水有细菌。

不白吃（旁白）：杯子里的水确实可能有细菌，不过这些细菌基本都是能和你身体和平相处的老朋友了。除非，你家的猫主子趁你不注意在杯子里洗了个脚。

猫：大花来，请你做个足疗啊喵。

不白吃（旁白）：所以隔夜水放心喝就好啦！

从整理出的台词我们可以看出，这种短小精悍的片子为了实现信息的快速传达，会使用精准问答的方式展开剧情，没有“废话”，并在有限的时间中穿插一些调节气氛的幽默对话，整体达到快乐地传播知识的目标。

《萌芽熊》是一部短视频动画，主打温暖治愈风格。在1分钟内的剧集情节设置上，它采用了单场景中的小事件方式，依靠情境和气氛的营造达到共情效果，代表了当下短视频动画讲故事的另一种主流模式。

例如，在第一季某一集的养花故事中，萌芽熊为三盆小花浇水，被浇到的小花十分开心，马上冒出粉色的爱心，没被浇到的小花则伤心地耷拉着脑袋。为了做到让每朵小花都开心，萌芽熊想到用嘴喷出三束水柱同时浇三盆花的主意，花儿们都欢快地昂起了头，萌芽熊脸上泛起可爱的红光，观众也跟着会心一笑，如图 8-3 所示。

图 8-3 《萌芽熊》

又如第一季过年回家主题一集的故事中，创作者采用了萌芽熊和主人（大叔）对话的方式展开故事。

看着窗外的萌芽熊转过身，满脸疑惑地看着主人。

萌芽熊：大叔，这里不就是家吗？为什么还要回家？

主人：嗯……不一样，有家人的地方才是家，这里呢只能算是住的地方吧。

萌芽熊期待地看着主人。

萌芽熊：那你也要回家吗？

主人：当然要啊，抢了好几天的票了。

萌芽熊听后有些失落，两手抱在一起，低下了头，若有所思。

萌芽熊：噢。

主人：哎呀，你别担心嘛，我会尽早回来的。

萌芽熊强装出不在乎的样子，挺起身子，微笑着看着主人。

萌芽熊：我没事的，我们十天半个月不吃不喝都不要紧的。

主人：啊？这么厉害？

萌芽熊急忙地点点头。

主人：那自己乖乖的。

（淡出）

萌芽熊孤单地坐在窗台上，两手抱在一起互相搓着，满脸失落，自言自语。

萌芽熊：只不过，有你在，这里才是我的家。早点回来。

这一集以过年回家为主题，萌芽熊与主人讨论了“家”的含义，通过萌芽熊细致入微的表情展现其对主人回家的不舍，尤其最后萌芽熊孤独地自言自语，更是瞬间击中了观众的心。找到共情的点、拥有匹配气质的角色和营造恰当的情境，是达到艺术效果的几大关键要素。

（二）1—3 分钟的动画短片：强调“悬念 + 突转”

相对于 1 分钟以内的动画短片的简单直接，1—3 分钟时长的动画短片要稍显复杂，最大的不同就在于剧情铺垫的加长，即营造悬念的时间变长，“悬念 + 突转”的模式更加明显。这种“突转”和我们上面所说的“梗”“抖包袱”等其实是一致的，“突转”的质量高低，决定了整体作品的层次。

《低头人生》（图 8-4）是谢承霖执导的动画短片，时长 2 分 48 秒，曾获第 44 届学生奥斯卡奖。影片直入主题，在两分多的时间里展示了不同职业的人们只顾低头玩手机引发的一系列事件：撞到了电线杆、被扯掉了衣服、坐死了猫咪、扎错了针、发生了交通事故、没接住跳楼的人、弄错了化学试剂……当事人对发生的一切无动于衷，他们只在乎手机的方寸之间。这些持续的铺垫达到了极好的讽刺效果，发挥了警醒世人的作用，但创作者并没有止步于此，而是将最精彩的内容留在了最后的高潮也是结局处：化学试剂的错混造成了可怕的爆炸，只剩下依然在操作间玩手机的操作员。当他走出操作间，坠落的爆炸物恰好砸坏了他的手机。这一刻，他并没有抬头看看这个世界发生了什么，而是因为手机被砸坏瞬间血脉偾张，倒地不起。真是绝妙的讽刺！至此，影片结束，留下被讽刺的观众在屏幕前拍案叫绝。这正是“突转”的力量，正因前面有足够的铺垫而更显力量。

图 8-4 《低头人生》

《猫的集会》（图 8-5）是由新海诚执导的一分钟动画短片，该作品是日本 NHK 电视台发起的“一分钟原创动画计划”15 部作品之一。作品的主角是一只叫乔比的猫，不幸的是，它每天在家中的各个地方都有被主人不小心踩尾巴的危险，导致尾巴伤痕累累。夜晚来临，有着同样遭遇的猫咪聚集在一起，谋划变身为无敌大猫向人类发起攻击，以报踩尾深仇。但每次猫咪的复仇计划都被主人的美食诱惑和快乐陪伴所打乱，于是猫咪们日复一日被踩尾巴，日复一日地制订复仇计划，终归明日复明日。

在短短 1 分钟之内，《猫的集会》首先直入主题，将猫咪经常被踩尾巴的事实快速展示，接着交代猫咪的愤怒和复仇计划。当观众期待猫咪复仇的最终结果时，剧情突转，猫咪的仇恨在人类的爱面前不值一提。全片属于典型的“悬念 + 突转”结构，整体节奏把控精准，在极短的时间内讲清了一个事件的来龙去脉，并留下有趣的结局。

图 8–5 《猫的集会》

（三）3—20 分钟的动画短片：基本的起承转合

3—20 分钟是动画短片最常见的篇幅，这种时长已经可以提供较好的故事讲述空间，实现起承转合的故事结构。同时，这种篇幅的作品相对于更短的作品可以讲述更为复杂的故事，相对于更长的作品又有更少的工作量和较低的难度，成为锻炼创作能力最佳的时长选择，在各大动画节、电影节上获奖的动画短片也基本处于该时长范围。

《鹬》（图 8-6）是第 89 届奥斯卡金像奖最佳动画短片，由皮克斯创作，在 6 分多钟的时间里，使用了清晰的起承转合结构，讲述了小矶鹬从等待喂食到克服各种困难后独立觅食的成长故事。

图 8–6 《鹬》

影片的前 2 分 10 秒交代了故事的开端：一处热闹的海滩，矶鹬们在忙碌地觅食，旁边草丛中刚出壳不久的小矶鹬仍然期待母亲的喂食，但这一次母亲决定让小矶鹬学会独立。初次觅食的小矶鹬因不懂潮汐的规律惨遭海水淹没。

2 分 11 秒一直到 4 分 28 秒是故事的发展阶段，小矶鹬在初次挫败后受到极大刺激，坚决不再去海滩觅食，滚动的潮汐给它留下心理阴影。饥肠辘辘促使它又一次鼓足勇气前往海滩，它在即将成功时被海水吓得后撤、逃窜。这时一只跟着父母觅食的寄居蟹出现了，面对潮汐它并没有被吓到，而是继续勇敢地觅食。小矶鹬在旁边看得出神，并因来不及撤退和小寄居蟹一起被海水淹没。但和上次不同的是，在水下它们看到了成片的扇贝，小矶鹬终于扫除了心中的恐惧。

接着影片就迎来了高潮，小矶鹬欢快地开始觅食，不仅吃到了自己寻觅的第一个扇贝，还找到了一个大扇贝分享给大家。

结尾处小矶鹬与海水嬉戏，并寻觅到一堆扇贝送给正在窝边焦急等待它归来的母亲，看着欢快觅食的小矶鹬，母亲露出了欣慰的笑容。至此，小矶鹬已经完成质的成长，母爱的伟大也得以升华。

《失物招领》(图 8–7)是根据澳大利亚华裔画家陈志勇的同名绘本改编的动画，同样获得奥斯卡最佳动画短片殊荣。短片时长 15 分 51 秒，讲述了一个爱收集瓶盖的男孩偶然遇到一个无人认领的奇怪生物，并帮它找到归宿的故事。全片充满工业化的冰冷和成人世界的生硬秩序，男孩的童真、善良和奇怪物种的可爱、单纯给观众带来对烂漫童年的美好回忆，也让观众感叹人们成年后生活的千篇一律和无奈。

图 8–7 《失物招领》

全片结构清晰，以一条主线贯穿始终。

开篇部分交代了小男孩生活的环境，他的爱好是收集各式各样的瓶盖。一天，他在海滩无意邂逅了一个样子奇怪的生物，他们度过了愉快的下午，但当工作人员清理海滩时，小男孩发现这个生物是一个无人认领的迷失之物。

故事接着发展，男孩带着它开始了寻找归属之旅，他问了沙滩管理员、路人，甚至找到对各式东西都有独到见解的朋友，结果都是一无所获。善良的他不得不带小怪物回了家中，但父母对这陌生的东西充满了抗拒，男孩只能将它藏在了杂物小屋。男孩在电视上无意间看到的一则回收奇怪物品的广告为故事带来转机。男孩带着小怪物来到回收点，但在他要填表格的时候，一个奇怪的清洁工出现了，并给了他一个更优的处理建议——一个指向某处的神秘路标。

男孩听从建议，带小怪物一起四处寻找，终于找到了路标指示的地方。门被打开，原来那里是各种奇怪生物的聚集地，那里的气氛欢乐祥和。男孩终于帮小怪物找到了归属地，依依不舍地与它告别，全片达到高潮。

结尾部分，小男孩逐渐长大，虽然他还时不时地想起小怪物，但每天的生活已经越来越向成年人靠近——忙碌、千篇一律，小时候眼中的多彩世界被他逐渐忘却。最后的彩蛋中，那个奇怪的清洁工再次出现，似乎又在告诉观众，童真并没有消失，一直在那里等待我们重启。

（四）20 分钟以上的动画短片：倾向于长片结构

20 分钟以上的短片因为有了更为充足的叙事时间，结构与长片的结构相似，在情节设置上会加入更多的起伏，故事的发展会更加曲折，每个情节点的表现会更加充分，并可能出现支线情节。

《远在天边》（8-8）是由菲利普·亨特执导的动画短片，它改编自同名绘本，讲述了一个小男孩和一只孤独的企鹅的故事。

与《失物招领》一样，两部作品都是关于为偶遇的朋友寻找家的故事，也都采用了公路式影片的叙事方式：主人公踏上了旅程，并最终找到了归属。有所不同的是，《远在天边》中寻找的历程更加曲折，重要情节点的叙述和情绪的调度更为充分，故事的结局也差异较大，两部作品呈现的主题内涵一悲一喜。

《远在天边》的故事开端也始于偶然，一只迷路的企鹅敲开了小男孩的门，企鹅对男孩的收音机充满兴趣，无奈的男孩决定为这只不请自来又有点招人讨厌的企鹅找到主人。

图 8-8 《远在天边》

寻找之旅并不顺利，男孩带着企鹅先后到了失物招领处和宠物店，都没有得到想要的结果，企鹅的调皮让他意识到这个过程确实会很麻烦。男孩决定重新思考方向，于是他来到图书馆并得知企鹅生活在南极的重要信息，但他们未能赶上开往南极的轮船让事情变得又很棘手。男孩没有气馁，自己动手做了一艘小船，两人各自收拾好了行李，开启未知的南极之旅。在旅途中他们有温暖的互动，同时经历了暴风雨的考验，关键时刻幸得善良的章鱼的帮助，男孩和企鹅终于到达南极。任务完成后，男孩划船离去。

但故事并未在此结束，而是开启了真正的高潮部分。心怀不舍的小男孩在回程中意外发现了在水中漂荡的企鹅的行李箱。当他好奇地打开，才发现里面并无他物，只是他们曾在照相馆拍下的照片。男孩这时才明白，企鹅并非迷路，只是很孤独，而经过这些天的相处，企鹅已经成为自己生命中的一部分，他们彼此需要。于是小男孩掉转船头去寻找企鹅，却因冰山的阻隔与正在追赶他的企鹅擦肩而过。

寻觅无果的男孩失落回程，发现了正在海上漂荡的企鹅，两人开心相拥，男孩将收音机送给企鹅并一起回程，两人成为真正的好朋友。

全片的寻找之路包含目的地寻找和心灵寻找两部分，在经历了“相遇—寻找—遭遇失败—再寻找—遭遇挫折—表面成功—再寻找—真正成功”等一系列曲折后，故事才迎来了最终的圆满结局。《远在天边》可以与《失物招领》一起作为同一题材、不同时长的剧本结构比较范本。

另外，值得注意的是，《远在天边》中收音机和照片两个道具成为推动故事发展的关键要素，同样对剧本创作有着积极的借鉴意义。

二、恰当平衡故事和制作的关系

因为作品体量小、参与人员少，动画短片创作者往往会将策划和剧本创作同时进行，甚至将二者混为一谈，因此，短片的剧本创作带有很强的策划属性。同时，由于动画短片创作相对自由，突出故事或者突出制作，都可以成为实践方向，恰当平衡故事和制作的关系就显得很重要。

（一）突出制作，故事合理

利用短片测试制作能力和实践新的技术理念是短片创作中常见的目标，在这类作品中，制作会作为优先考虑的重点，这一环节会花费更多的精力、时间和金钱。但这种倾向有时会造成认识误区，尤其对于很多初次创作者来说，视觉效果的炫酷往往成为他们关注的第一要点，比如一刻不停歇的打斗、软件制作的耀眼特效、角色设计的劲爆身材、图形元素的炫目变化。不可否认的是，人首先是视觉化的生物，这些视觉元素是抓住观众眼球必不可少的组成部分，尤其可以在短时间内形成精神刺激和愉悦。不过，再绚丽的视觉盛宴，若缺乏内涵，终究只能昙花一现，难以引发更长远的思考和共鸣。正如那些虽有外貌却没有有趣灵魂的粉黛，相处日久，终会显得乏味，所谓“芳草易寻，知音难觅”便是此道理。

必须明确的一点是，这里并不是否认技术的作用和地位，尤其对于动画作品，制作水平的高低直接决定了影片的成败。我们想要表达的是，切不可只关注表面的效果而忽略了故事的逻辑，一部优秀作品一定是二者的有机结合。突出制作的作品，也一定是在故事合理的基础上进行技术创新或制作探索。

在奥斯卡最佳动画短片的评审中，技术创新会作为衡量作品优秀与否的重要标准，在历届获奖的作品中，有多部作品是制作先行的范例。比如前文提到的《鹬》就以三维技术模拟真实环境，《纸人》（图 8-9）和《美食盛宴》（图 8-10）则是在使用三维技术模拟二维效果上取得突破。

图 8–9 《纸人》

图 8–10 《美食盛宴》

《纸人》以 20 世纪中叶的纽约城为背景，讲述了一个浪漫的爱情故事。男子在上班途中偶遇漂亮女子，本以为只是一段美丽的邂逅，结果他发现女子就在对面楼内面试。为了把握机会，男子开始了追求之旅，并最终在纸飞机的帮助下完成了又一次相遇。影片的故事并没有十分出彩，但在风格控制和技术运用上却出类拔萃。黑白的色调、彩色的吻痕、柔和的光感、流畅自然的三渲二效果等营造出既有年代感又充满浪漫的氛围，这些优势最终助力影片脱颖而出。

我们还可以以动画系列剧《雾山五行》(图 8-11)为例进行探讨，虽然作品并不是单集的短片，但它也仅有三集，每一集都是一部短片的规格。该作品有着很宏大的世界观，但并没有跳出玄幻的经典元素，与其他玄幻作品相比也没有特别之处，但影片一经上线就迅速地冲到热榜，广受观众赞誉，导演林魂一夜成名，其创作故事也被传为佳话。那么,《雾山五行》能取得如此成就的原因是什么？制作！灵动的国画风格、优秀的人物设计、流畅又充满力量的打斗场面……当观众在期待国风能够重新焕发生机之时,《雾山五行》的出现恰恰符合人们的预期。该作品让我们欣喜地看到动画制作出彩所能达到的吸引力和商业价值，但在好评如潮之中，也有头脑清醒者提出了故事讲述中的部分漏洞，网友“Y 流年飞鱼 J”在 B 站评论中写道:“每当我看见制作达到巅峰水平的作品，我便会十分担心其故事的精彩。”截至 2024 年 10 月,《雾山五行》还未有后续剧集上映，希望作品能全方位地经受住历史的考验。

图 8-11 《雾山五行》

同样以国风吸睛的“中国唱诗班”系列动画，充分发挥了制作优势，让制作水准与精心打磨的故事相得益彰(图 8-12)。作为上海市嘉定区投资的文化项目，作品将古诗词与嘉定的历史人物联系起来，讲述了关于亲情、爱情、民族大义等主题的系列“正能量”故事。每一部作品从画面、音乐、诗词、意境等制作层面营造出的中国美感，都令观众陶醉其中，作品具有视听与精神的双重感染力。

图 8–12 《中国唱诗班：相思》

（二）故事精彩，制作合格

精彩的故事是大多数动画短片优先追求的目标。精彩的故事同时会弥补制作水平的不足和缺陷，尤其对于独立创作或者学生阶段的创作而言，在制作上并没有优势的情况下，创作者以达到基本水准的制作能力支撑精彩的故事，是较为常见和实际的创作方式。

《平衡》（图 8–13）是一部德国动画短片，曾获得第 62 届奥斯卡金像奖最佳动画短片。作品采用定格动画的方式制作，整体制作水准中规中矩，但故事呈现了关于稳定的意义和面对诱惑时人性的贪婪以及可能出现的后果，给人强烈的心灵震撼并引发广泛的思考，令人拍案叫绝。

图 8–13 《平衡》

德国动画短片《金块》（图 8-14）也是一部极简式短片。影片主角是一只不会飞翔的几维鸟，唯一的场景是一根代表地面的线。假如从制作层面衡量，该作品几乎属于最没有竞争力的类型。但作品凭借在故事上的精彩，成为经典动画短片。

图 8-14 《金块》

故事的开始，漫步的几维鸟对路上出现的黄色物体并没有在意，在第二次遇到时好奇心促使它吸食了该物体。几维鸟感受到前所未有的快乐，它像是感到拥有翅膀可以翱翔在天空。于是，在之后的路程中，它越来越依赖黄色物体带来的虚无快感，但它的身体却越来越笨重和丑陋，最终迎来生命的结束。这样一个看似简单甚至简陋的短片可以被解读为任何和欲望相关联的含义，为动画短片创作者提供了一个绝好的范本——用一般的制作技术同样可以呈现一个精彩的故事。

三、主题鲜明，小故事大内涵

正如前面章节所讲，主题是一部影视作品必备的中心思想，故事中的世界观、角色、表演、情节点、结构等要素都围绕主题展开，这些要素为了呈现和深化其内涵而成为一个有机的整体。

短片最核心的竞争力是在短暂的时间内给予观众精神食粮，这个食粮可以是震撼、欣慰、开心、共鸣、思考等其中的任何一种，主题就是为了这一目的服务。也正是基于此，动画短片必须主题鲜明。同时，我们会发现，短片的故事一般都会从小事入手，以小视角切入，讲的道理却多是具有内涵的大道理。这里的小事可以理解为生活化的、平凡的、观众多有体验的事情，大内涵则是普适性的情感、理念、现象等。

《包宝宝》（图 8-15）是加拿大华裔女导演石之予的作品，讲述了母亲对孩子含蓄而深沉的爱。影片开始母亲包的包子竟然有了生命，在母亲无微不至的关心下小包子一天天长大，经历孩童时期、青春期、成年，小包子也开始变得叛逆、独立，甚至与女朋友一起外出生活。影片最后，小包子变成了儿子的模样，带着食物来给母亲道歉，两人温馨相依。原来，在每个母亲的心中孩子永远都是柔软的存在。《包宝宝》的故事十分简单，它以最生活化的视角，以中国人表达爱的方式，在几分钟之内让观众感受到亲情的力量，没有说教和心怀苍生的沉重感，只有平淡的爱和琐碎的日常。但就是这种“小”和平淡，才让观众深入其中并产生共鸣。

图 8-15 《包宝宝》

在皮克斯动画短片《洞穴》（图 8-16）中，一只小兔子在建造家的过程中，遇到了各种各样的邻居，小兔子因为害羞而不断地往下深挖，在引发地下水喷涌危机之后小兔子不得不求助于邻居，并在大家的帮助下有了温暖的家。小兔子最终克服了交流障碍，收获了友谊。故事采用了皮克斯惯用的暖心童话格调，用小兔子对周围人的躲闪态度讲述了关于“社恐”这一目前社会生活中普遍存在的问题。短片表达了创作者对这一现象的态度——人们以温情和善良去对待脆弱、敏感的心，最终会换得心与心距离的拉近。

图 8-16《洞穴》

第三节　动画短片的剧本创作技巧

创作者在把握动画短片的剧本创作规律后，需要更多创作实践，以进行验证和总结经验。在实践的过程中，创作者可能会发现一些创作技巧也是必不可少的。当然，这些技巧会因创作体会的不同而各有千秋。本书作者以多年的创作实践和指导经验为切入点，总结出一些短片剧本的创作技巧，与各位读者分享与探讨。

一、选题具有话题性

此处所说的话题性，不是跟风，它强调的是选题能更好地让观众产生情感共鸣，具有一定的普适性，而不是自说自话、孤芳自赏。要达到话题效果，可以从以下几方面进行考虑。

（一）共同的情感价值

人类是情感化的生物，小到亲情、爱情、友情，大到家国情，共同的情感价值会成为人与人沟通的桥梁，同样会成为作品与观众互动的基础。从情感的层面出发进行动画创作，是最常见也是最易打动观众的方式。

《回家过年》（图 8-17）是成都大学出品的动画短片。短片以春节为背景，讲述了留守家中的爷爷、妈妈、小女孩三人，期盼在海军工作的爸爸和从事地质工作的哥哥早点回家过年的故事。短片不仅展现了包括亲情和家国情在内的情感，还蕴含着品味幸福、感恩自然、传递希望的主旨。

图 8-17 《回家过年》

《当归》（图 8-18）是西华大学出品的动画短片。影片同样以春节为故事背景，留守家中的母亲早早地忙碌，贴对联、打扫卫生、张罗年夜饭……只是为了等待儿孙能够早点回家团聚。热闹的春晚变得索然无味，电话响起，落寞的母亲独自坐在餐桌前沉沉睡去，这一情景深深触动了游子的心。

图 8-18 《当归》

两部短片不约而同地选择了亲情的题材，只是聚焦点和故事走向各有千秋，但呈现出的情感力量都很强大。两部作品都获得良好的观影反馈和奖项，证明了此类选题特别适合短片创作。

（二）共同的文化体验

人是社会化的产物，共同的生存环境和文化会塑造该区域人群的特有认识和审美偏好。也正因这些条件不同，才塑造了五彩缤纷的世界。特有的文化符号可以成为动画短片创作的亮点，不同国家和地区的作品都会呈现出各自的特色和魅力，并会吸引拥有共同文化体验的观众，以及对异域文化的好奇者。对于我们而言，在当下国内文化自信建设和新时期“中国动画学派”探索的历史大潮下，以时代视野和审美重新认知、塑造、传承优秀文化，是一条光明之路，亦是一条必须认真对待和深入探寻之路。

《线魂》（图 8-19）是福州大学出品的动画短片。影片以闽南地区特有的传统工艺“厦门漆线雕”为引子，讲述了父子两人传承非物质文化遗产技艺，并相互扶持，将“厦门漆线雕”不断进行时代化应用更新，使传统文化不再故步自封，而是具有了新的生命力的故事。虽然这种文化体验对于闽南地区之外的观众来说略显陌生，但对于类似的传统技艺命运，人人都会有一定的经历和理解，加之短片贯穿其中的亲情演绎，营造出具有普适性的观感。

图 8-19 《线魂》

《我和吸铁石和一个死去的朋友》(图 8-20)是中国传媒大学学生刘毛宁创作的一部动画短片，曾入围法国昂西国际动画节、安锡国际动画节等节展。影片以 20 世纪 90 年代为背景，采用了自述的形式，将童年的经历娓娓道来，奶奶说的虱子、姐姐因计划生育钻玉米地、自己名字的来历、妈妈煎的洋槐花饼、和朋友玩洞洞奖、朋友的去世……这些具体的事件不仅是创作者自己的生活记忆，也是一个时代的缩影，许多观众都能从中看到自己童年的点滴。这种集体回忆一定是建立在特定区域内拥有的共同文化经验基础上，是能够一起唤醒记忆符号的财富。

图 8-20 《我和吸铁石和一个死去的朋友》

（三）共同的事件记忆

创作者一定不能缺乏捕捉事件的能力，这些事件可能是正向的、影响积极的，也可能是负面的、具有警示作用的，但一定是具有话题性的。这就犹如 IP 的作用，作品先天拥有了前期观众的积累，当作品质量达标，可更快速地吸引更多观众的关注。事件又可分为实时的热点事件和被广泛记忆的历史事件。热点事件更适合于应景的网络动画短视频创作，在极短的时间内快速形成流量和话题，快速地被观众熟知。历史事件可以通过动画式记录或者故事性改编，形成具有艺术品格和主题内涵的作品，并可与真实历史事件形成解读空间。

《可怜的水史莱姆》(图 8-21)是“刘琥动画”自媒体以“热门游戏角色 + 冬奥会”为模式在 2022 北京冬奥会期间发布的一部动画短片。作品以不同游戏角色的冰上运动串联，既吸引了游戏玩家的注意，又契合了冬奥会的话题热潮，一经上线就引发点击热潮，观看次数在短时间内突破两百万次，评论数达到五千多条，是典型的以热点事件创作的案例。

图 8-21 《可怜的水史莱姆》

韩国动画短片《未完成的故事》(图 8-22)聚焦不容遗忘的群体——“二战”期间的慰安妇群体。影片基于受害者的证词改编，剧情是这样的：一名 16 岁的花季少女被抓进军营，在远离故土的他乡受到非人的虐待。日军投降后，女主角回到家乡，却因为这段悲惨经历被人非议，连家人也跟着她受尽冷眼，她选择了离开家乡，隐姓埋名地度过一生。但她内心的恐惧和不被世人理解的痛一直挥之不去，直到第一位勇敢的受害者站出来作证，她也终于鼓足勇气向世人诉说埋藏于内心几十年的秘密，揭露施暴者的罪恶。

图 8-22 《未完成的故事》

二、平衡形式和内容

无论是何种制作方式的短片，都可以在形式上进行大胆的、新鲜的尝试，以达到创作者的自我表达需求，以及影片更个性化的展示。从观众的观赏心态出发，全新的表现形式总会比常规的表现形式更易抓住眼球，并存在激发新思维和突破现有眼界的可能。

在动画短片中，凸显制作手段的个性和追求视听的创新是普遍存在的现象。在剧本创作中，平衡短片形式和内容，或者说将形式和内容优势最大化地发挥和组合，形成“1+1>2”的效果，是必须重视的问题。

获得第 94 届奥斯卡金像奖最佳动画短片提名，并获得包括安妮奖在内的多个国际电影节奖项的《兽性》（图 8-23）是根据真实历史事件改编的作品。全片意在营造一种令人不寒而栗的惊悚感，探讨人类邪恶及其形成的原因。为了达到期待的艺术效果，影片充分发挥了题材内容和艺术表现形式的双重作用。

影片主人公的原型是智利 20 世纪 70 年代军政府独裁统治期间的女特工英格丽德·奥尔德罗克。她出生于纳粹家庭，于 1973 年加入智利国家情报局。跟踪、绑架、虐待、谋杀等充满了她的职业生涯，1981 年她遭受袭击头部中弹，但并没有死去，直到 2001 年去世。对于现在的观众而言，英格丽德·奥尔德罗克是一个毫无人性可言的杀戮机器，作为军人的她实施的是无性别体现的邪恶行为，冷酷、凶残、狡猾是她留给世人的印象。但她同时又是一位女性，她是否会利用亲密时刻来重申女性的身份？她的日常生活和别人有何不同？她的内心世界是否也会有一丝人性的波澜？影片基于基本的历史元素，用艺术化手法呈现了她凌乱和充满杀戮的生活片段，描述了其扭曲、变态的工作和心理，让观众一起踏上了迈向人类心灵最黑暗角落的旅程。

图 8-23 《兽性》

为了实现影片内容的精准呈现，创作者在艺术形式上做了大胆的尝试，首先是采用了定格动画的方式，其次在角色的材质上追求类似于瓷娃娃的光滑质感。

定格动画并不是新鲜的创作手段，但因为工艺的烦琐和生产效率的低下而逐渐成为被边缘化的生产方式。当今定格动画创作多见于艺术短片，它可以在一众三维片和二维片中给人以新鲜感，同时可以发挥在艺术表现上的独特优势，以更好地诠释内容。这些优势包括但不限于营造独特的真实感、趣味性，展现手工艺的视觉美感、形式美感，以及呈现定格拍摄技术特有的“拙”感审美。《兽性》基于真实的历史元素改编，营造惊悚感的前提是建立让人信服的“真实”环境，而定格动画特有的真实感氛围恰好符合这一需求。尤其真实的人偶模型若没有灵动的表情，越是逼真越会令人产生恐怖感和不适感，即所谓恐怖谷理论（图 8-24）。恐怖谷理论，最早由日本机器人学者森正弘提出。他围绕人类如何对具有一定人类特征的机器人做出反应展开研究，并在《能源》杂志第 7 卷发表了一篇名为《恐怖谷》的文章。文章认为，如果机器人的设计逐渐接近人类，人类对机器人的“亲和感”将会增加，但到了特定节点，这种亲和感将快速减少，它转变为不适感而陷入了“谷底”，也就是所谓“恐怖谷”。再往前追溯，该理论可从心理学家弗洛伊德在 1919 年发表的《论怪怖》中找到原点，即所谓“unheimliche”，指一种非常熟悉的环境或事物突然变得陌生而恐怖的感受。这也是很多观众在看布袋戏、傀儡戏等作品时会产生不适感的原因。

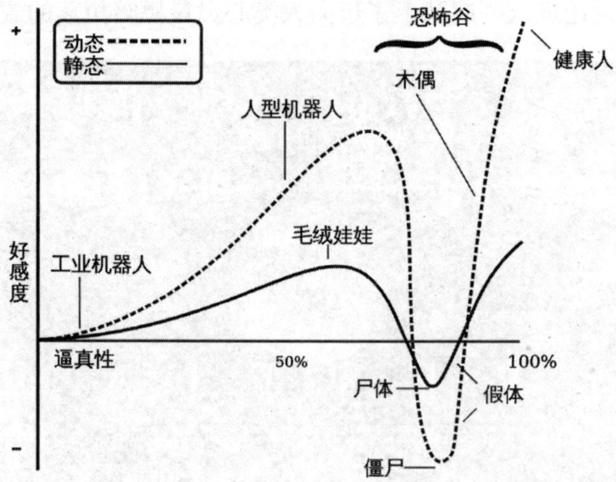

图 8-24　恐怖谷理论

《兽性》首先充分利用了人类的心理特性和定格动画相对于其他动画形式更容易达到的阴森效果，在人物的头部采用了很少用于定格动画拍摄的瓷器，造型则体现德国娃娃的质感。瓷器质感有自身独特的含义承载，比如看起来很硬，但也很脆弱，犹如那些外强中干的人；陶瓷的视觉感是冰冷的，就像女主角所犯下的罪行，德国瓷娃娃造型的使用则和女主角的出身背景形成呼应。另外，女主角的表情始终保持了中性的状态，这是为了还原角色原型的真实状态——一个脸上看不出有太多情绪变化的人，将其冷酷无情的一面展露无遗。

当然，定格动画毕竟属于相对小众的选择，主流的二维、三维作品是不是也可以通过表现形式来更好地诠释内容呢？答案是肯定的。必须明确的一点是，形式感不仅体现于材料、表现手法、制作技术等更易察觉的表面要素，还可以体现在视听语言、叙事思维等更隐秘的层面。

《束缚自由》（图 8-25）是一部法国动画短片，短片的主角是因疾病导致残疾的父亲，作品想要表达残障人士在面对行动不便的现实后，如何在内心重建本我自由。

为了呈现行动受限的状态，创作者将角色放置在了一个个大的、精准的线框表格上，表格四周刻着密密麻麻的参考数值，而角色则被一条条尺度精准的线条控制着。与其说是控制，不如说是辅助，在这些线条的帮助下，他们可以完成对于正常人来说很容易完成但对于他们而言却困难的日常动作。令人难过的是，这种提线木偶般的生活，仍是身患残疾的人们希望得到的一种不错的结果，他最起码是可以行动的，而不是彻底地无法动弹，虽然这个行动很有限并受人控制。残疾人更加期望得到的自由自然是毫无限制地活动，比如疯狂地、开心地舞蹈，但当这些想象停下来，一切都还需要回到现实中。创作者用更加理性和乐观的方式，在脑海中将欲望和能量转化为更多的精神激情，并发掘出某些意想不到的东西，使生命得以循环，没有终点。全片以四段不同的影像形式，将事件、思考、想象等要素逐一展示，让观众可以有切肤之感，同时又具备了艺术张力，是平衡形式和内容的优秀之作。

图 8-25 《束缚自由》

三、充分发挥作品的动画性

所谓动画性，可以对照“影视性”去理解，绝大多数动画作品是二者的结合，既有基于实拍影视思维的叙事安排，又有基于动画特征的虚拟式表演。实拍思维建立在用摄像机记录、还原的基础上，并在摄像机能实现的范围内去设置相关的情节和视听语言。动画思维则突破了空间、时间、物理属性等的限制，更加强调幻想式、夸张式、天马行空式创作理念。动画短片具备易于创新的基础，我们可以充分发挥其动画性的优势，为创作增加更多独特的艺术魅力，这也成为动画创作人的普遍共识。

汤浅政明是将动画性呈现得自如且深刻的知名创作者，他十分擅长将情绪、想象等进行视觉化表现，作品常给人一种不可思议又拍案叫绝之感。具体的表现手法包括叙事空间的虚拟化、突破现实的物理法则、适时夸张和变形的角色、非常规的运动规律、虚拟的镜头变焦和运动、主观的色彩、充满隐喻的心理蒙太奇等。总之，他会穷尽动画创作中的一切元素展现独具魅力的动画感和生命感。《心理游戏》（图 8-26）、《兽爪》、《海马》、《春宵苦短，少女前进吧！》（图 8-27）等作品中都可以找到他独具感染力的动画性表达。

图 8-26 《心理游戏》

图 8-27 《春宵苦短，少女前进吧！》

很多动画短片都在动画性上表现突出，近些年十分流行的大透视动作、情绪变化的可视化元素和心理蒙太奇的运用等都是此方面的积极尝试。其中，有一部作品十分优秀——法国高布兰动画学院的毕业设计《棺材》(图 8-28)。

《棺材》以一间拥挤的集体宿舍为舞台，男主角有三位室友，每一位室友都有独特的一面：第一位室友是睡在上铺的胖子，不但体型肥硕，而且鼾声如雷；第二位室友是隔壁床下铺的球迷，外放观看足球节目是他最大的爱好；第三位是隔壁床铺上的烟民，烟瘾大、电话多，蹲厕所时间也长。这样的一群舍友带来的会是什么呢？感官污染！听觉上，床板声、打鼾声、电视声、马桶冲水声、电话振动声，声声入耳；视觉上，胖子肥硕的身体导致床板下陷，压迫感十足；嗅觉上，二手烟缭绕不断，令人窒息。作品充分把握了集体宿舍生活中的各种感官污染细节，将男主角入睡前受此影响而产生的挣扎、暴躁、无奈、绝望等心态，通过可视化的动画艺术形式进行展现。

图 8-28 《棺材》

足球解说的噪音变成一群在宿舍踢球的球员；

打鼾声变成可将人吹起来的阵阵狂风；

流水声变成满地的水；

二手烟变成燃烧的炽热火苗；

电话振动声变成正在施工的电钻声；

所有声音混杂在一起变成喧闹的大街。

男主角的狂躁变成了一条不停摇尾巴的狗、一个狂敲木鱼的僧人、一只在温水中被煮的癞蛤蟆、倒塌的楼房、旋转的足球……

当马桶冲水声响起，整个世界瞬间变成被黄色液体包围和淹没的巨大马桶，男主角在水中与漩涡、杂物作斗争，拼命挣扎却终归失败，意识逐渐模糊并与杂物一起下沉。

世界终于安静了，所有人都已入睡。

六位来自不同国家和地区的创作者充分发挥了动画艺术的魅力，将现实生活中的宿舍百态用夸张、诙谐、讽刺的方式进行了淋漓尽致的展现，并可引发关于更广阔领域的思考和讨论。

基于此，要强调动画性，创作者应在剧本创作阶段就将幻想的元素进行可视化描述，以具象的文字呈现画面的每处细节。要特别注意，可视化的描述可以给予作品精彩的幻想奇观，但很容易造成整体剧本的迷失，且不可因具象描述而忽略故事的节奏。《棺材》中男主角的情绪状态有一个循序渐进的过程，从刚开始的相对平静，到逐渐情绪失控，再到最终放弃抵抗进入睡眠，呈现出典型的剧情抛物线，即开端、发展、高潮、结局。也正是因为作品中叙事主线的明确，才保证了片中幻想元素出现的真实可信，让观众随着主角的情绪变化一起共情。

四、悬念、悬念，还是悬念

设置悬念是文学和影视创作中常见的叙事手法，评书中最为经典的“且听下回分解”亦是吸引听众的悬念引子。悬念可以包含两个层面的理解：一是关于观众对整体故事走向、角色命运的持续关注；二是在具体的故事讲述中使用的一种剧情结构的设置技巧。动画短片创作者要把握两个层面。

结构性悬念是十分有效的实践手段。结构性悬念一般都会在故事的开端出现，以引起观众的观影兴趣，接着在发展中给予一定的解答提示，到高潮部分观众就会解开悬念并迎来结局。还有一种可能是看似悬念已解开，但又抛出了新问题，出乎意料甚至是颠覆性的结局出现，即我们在前面所讲的“突转”。

图 8-29 《美女罐头》

日本导演、编剧筧昌也创作的独立电影《美女罐头》（图 8-29）是一部 60 分钟的实拍影片，后又被改编为《世界奇妙物语》系列中的一集，依然延续了原有故事主线但时长变为 23 分钟。这两部作品虽然是实拍影片，但情节的构思和悬念设置却有着极强的动画感，尤其是两处悬念设置达到了极好的猎奇性和哲理性效果。接下来就以 23 分钟的版本为例分析其悬念结构。

故事开头，男主角（无业青年）和女友被新搬来的奇怪邻居所吸引。邻居虽已人到中年，但每天和几十位妙龄女郎住在一起，让人十分不解。这里是第一个悬念，在开篇的 4 分钟之内设置完成。

为了解开悬念，心生好奇的男主角趁着女友出差通过翻看垃圾和进入邻居房间发现了美女罐头的秘密，并完成了美女罐头的制作。悬念解开，观众的好奇心得以满足，同时开始期待接下来的剧情发展，以上剧情都在 8 分钟之内得以完成，时长也基本处于影片时长的三分之一处。

接着影片展示了男主角和人造美女在一起的恋人生活以及不断揭开人造美女设定

的细节，使观众对悬念有了更清晰的了解。

20 分钟左右，影片进入转折，人造美女无意间发现了自己的身世秘密，不辞而别。此时恰好男主角的女友出差回归，并带来第二个悬念——男主角也是一位人造人，并且今天就已到保质期。

观众的好奇心又一次被激发，在惊诧间期待之后的剧情发展。但此时影片已经接近尾声，男主角冒雨找到在海边伤心的人造美女，送给她项链。与此同时，倒计时的钟声响起，黑幕拉开，影片结束，留给观众无尽的遐想和思考空间。

《卡通盒子》是荷兰 Frame Order 工作室制作的黑色幽默动画短片系列，每一集的长度基本都在 1 分钟之内，很多甚至只有 20 余秒，属于典型的短视频动画。这些作品最大的特点就是脑洞大开，将悬念的作用发挥到了极致，每一集都留下出乎意料的结尾，轻松搞笑并有讽刺意味。

比如在《青蛙公主》(图 8-30）一集中，王子正欢快地来见公主，但此时巫婆出现并把公主变成了青蛙，王子为了解除魔法，来到精灵世界找到仙子，仙子只有昆虫大小。为了方便携带，王子将仙子放在了玻璃瓶中，又历经千辛万苦地回到了公主身边，而此时仙子已经在瓶子中被闷得动弹不得。当观众以为故事就此结束时，仙子又复活了，正当仙子准备向青蛙公主施展魔法时，青蛙将仙子当成了虫子一口吞掉，故事结束。在 1 分多钟的短片里，剧情形成了 3 次有效的悬念：第一次是王子去找谁？仙子，但只有昆虫大小。第二次是把仙子放在瓶中，仙子会怎样？仙子被闷得动弹不得，但又活过来。第三次是仙子能否把公主变回来？没有，因为仙子正在施法时被公主当成虫子吃了。

图 8-30 《青蛙公主》

再如《侠影之谜》(图 8-31）一集中，黑夜里一个女人被歹徒持刀抢劫，她大声呼救，此时探照灯打出蝙蝠侠标志，歹徒闻风而逃。女人激动万分亲吻“蝙蝠侠”，结果他其实是长相类似的吸血鬼，吸血鬼咬了女人之后变成蝙蝠飞走，而当真的蝙蝠侠到来时她已血尽人亡。

图 8–31 《侠影之谜》

思考与练习

1. 思考不同时长动画短片的剧本结构。
2. 尝试撰写一部 5 分钟左右的动画短片剧本。

参考文献

埃克斯．你的剧本逊毙了！［M］．周舟，译．北京：北京联合出版公司，2016.

东默农．周末热炒店的编剧课［M］．北京：中国友谊出版公司，2021.

菲尔德．电影编剧创作指南［M］．魏枫，译．北京：世界图书出版公司，2012.

菲尔德．电影剧本写作基础［M］．钟大丰，鲍玉珩，译．北京：世界图书出版公司，2012.

菲尔德．电影剧作问题攻略［M］．钟大丰，鲍玉珩，译．北京：世界图书出版公司，2012.

葛竞，孙立军．动画剧本创作［M］.2 版．北京：北京联合出版公司，2017.

郝建．蛮荒与文明．类型电影教程［M］．桂林：广西师范大学出版社，2023.

金．21 天搞定电影剧本［M］．周舟，译．北京：北京联合出版公司，2015.

库克．电视编剧：从创意到播出［M］．张敬华，译．北京：人民邮电出版社，2021.

凌纾．动画编剧：舞动在 G 弦上的精灵［M］．北京：海洋出版社，2015.

芦苇，王天兵．电影编剧的秘密［M］．北京：北京科学技术出版社，2022.

陆军．编剧理论与技法［M］．上海：上海人民出版社，2017.

麦基．故事：材质、结构、风格和银幕剧作的原理［M］．周铁东，译．天津：天津人民出版社，2016.

泊贵洋．从零开始做编剧：10 位日本金牌导演、编剧谈剧本［M］．袁琨，译．武汉：华中科技大学出版社，2017.

斯科特．动画编剧大师课［M］．灵然创智，译．北京：中国友谊出版公司，2022.

斯奈德．救猫咪．电影编剧指南［M］．孟影，译．杭州：浙江文艺出版社，2021.

斯奈德．救猫咪 2：经典电影剧本解析［M］．谢楚聿，译．杭州：浙江文艺出版社，2021.

谭霈生．论戏剧性［M］．北京：中国国际广播出版社，2023.

汪流．电影编剧学（修订版）［M］．北京：中国传媒大学出版社，2009.

王乃华，李铁 . 动画编剧［M］. 北京：清华大学出版社，2023.

沃尔特 . 剧本 . 影视写作的艺术、技巧和商业运作［M］. 杨劲桦，译 . 天津：天津人民出版社，2017.

尹迪克 . 编剧心理学 . 在剧本中建构冲突［M］. 井迎兆，译 . 北京：北京联合出版公司，2021.

郑淑 . 韩剧如何讲故事［M］. 林彦，译 . 成都：四川人民出版社，2019.